EIFFEL

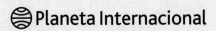
Planeta Internacional

NICOLAS D'ESTIENNE D'ORVES

EIFFEL

Traducción de
Yara Trevethan Gaxiola

 Planeta

Título original: *Eiffel*

Nicolas d'Estienne d'Orves

© 2021, Éditions Michel Lafon, Eiffel

Adaptación de la película "EIFFEL" de Martin Bourboulon, basada en el guion original de Caroline Bongrand, adaptación y diálogos de Caroline Bongrand, Thomas Bidegain, Martin Bourboulon, Nathalie Carter y Martin Brossollet.

© 2021 – VVZ Production – Pathé Films – M6 Films – Constantin Film Produktion

En colaboración con Diamond Films

Traducción: Yara Trevethan Gaxiola

Imagen de portada: © Pathé
Diseño de portada: Planeta Arte & Diseño Planeta Arte & Diseño
Fotografía del autor: © Noémie Kadaner

© 2022, Editorial Planeta Mexicana, S.A. de C.V.
Bajo el sello editorial PLANETA M.R.
Avenida Presidente Masarik núm. 111,
Piso 2, Polanco V Sección, Miguel Hidalgo
C.P. 11560, Ciudad de México
www.planetadelibros.com.mx

Primera edición en formato epub: mayo de 2022
ISBN: 978-607-07-8697-6

Primera edición impresa en México: mayo de 2022
ISBN: 978-607-07-8693-8

Impreso en los talleres de Litográfica Ingramex, S.A. de C.V.
Centeno núm. 162-1, colonia Granjas Esmeralda, Ciudad de México
Impreso y hecho en México - *Printed and made in Mexico*

PRÓLOGO

Burdeos, 1859

El agua estaba helada. Sintió que le perforaba el cuerpo.
Mil aguijones penetraban su piel hasta asfixiarlo. Cuando
es extremo, el frío se vuelve abrasador. Sentía que su rostro ardía, casi como si las llamas estuvieran devorando sus
mejillas, su frente, sus labios. Se asombró tanto que abrió
la boca. De inmediato se le llenó de esa agua fangosa que
tragó y que bloqueó su respiración.

¡Todo sucedió tan rápido! Ese obrero imponente, cuyos zapatos eran más grandes que el pontón improvisado.
Esos tablones ya desgastados, resbaladizos, mal asegura-
dos unos con otros. Y ese instante de descuido en el que el
hombre quiso silbarle a una joven que pasaba por la ribera
opuesta, del otro lado del Garona.

En un segundo ocurrió el accidente.

El pie que resbalaba, la espalda que se echaba hacia
atrás, y ese grito —incrédulo, casi alegre— que les desgarró
los tímpanos.

Pavor general.

—¡Dios mío! ¡Es Chauvier!

Todo el mundo se quedó paralizado. Sin embargo, si
los hubieran interrogado uno por uno, todos habrían con-

fesado que, en ese momento, tenían miedo. Incluso desde el inicio de la obra. Pauwels les había asegurado que el andamiaje era firme, que no había ningún riesgo, que la pasarela se construiría como un juego de niños. Todos le creyeron. Al menos, les convenía creerle. Además, Pauwels pagaba bien. En Burdeos, él era uno de los mejores empleadores. De hecho, se sentían orgullosos de trabajar en este proyecto. Esa pasarela de metal era revolucionaria, decían los periódicos. En los cafés, en las calles, se preguntaba a los obreros para saber más.

—Entonces, ¿nos cuentan?

—¿Cuándo inauguran el puente?

Eso los halagaba; se sentían cómplices de una proeza. Sin hablar de ese joven ingeniero de 26 años que los estimulaba, no escatimaba en esfuerzos, era el primero en llegar a la obra, y quien cerraba el alambrado una vez que todos se habían marchado. Era pura energía e ideas, ese Gustave Eiffel. Cierto que su nombre sonaba a teutón, aunque él dijera que era borgoñés. Pero a final de cuentas a nadie le importaba. En una construcción no hay lugar de origen, solo personas que trabajan.

Chauvier trabajaba también. Incluso era de los más apasionados en el oficio. Eiffel lo había observado y rápidamente había confiado en su sentido común, en su intuición en bruto. ¿No fue Chauvier quien advirtió al ingeniero sobre la inestabilidad del andamiaje?

—Habrá que hablar con el señor Pauwels. Él es el patrón. Sería suficiente con un poco más de madera, ¿no cree?

—Yo me encargo —prometió Eiffel.

Por desgracia, no hubo concesión alguna.

—¡Por supuesto que no! —bramó Pauwels sin siquiera escuchar las advertencias de su ingeniero.

—Pero, señor, si por mala suerte hubiera un accidente, ¡usted sería el responsable!

—¡Pues bien! Cada uno es responsable de su propia seguridad, mi buen amigo. Además, usted es quien tiene que velar por el funcionamiento de la obra. Todo esto ya me cuesta muy caro. Y le recuerdo que es usted quien tiene el sueldo más alto.

Gustave Eiffel volvió a la obra con las manos vacías, pero nadie le echó la culpa.

—Al menos lo intentó, señor Eiffel —dijo Chauvier.

Gustave le dio una palmada en el hombro.

—Solo tendremos que ser un poco más prudentes, ¿de acuerdo, Gilles?

—¡Yo soy ligero como una pluma! —Rio el obrero.

Sin embargo, fue Chauvier quien se zambulló, de cabeza, con ese grito terrible.

En el cerebro de Gustave todo sucedió demasiado rápido para reflexionar. De lo contrario, ¿hubiera saltado?

Sin siquiera quitarse los zapatos, el ingeniero saltó.

El frío se apoderó de él en un segundo, pero su voluntad fue más fuerte. A pesar de las aguas turbias y pantanosas, advirtió cómo se hundía la silueta de Chauvier. Incluso vio su ojo incrédulo que lo miraba fijamente. Tuvieron la suerte de que el agua no estuviera muy crecida en ese momento del año. En unos segundos, Eiffel tomó por la cintura a ese hombre que le doblaba la estatura y, con toda su fuerza, empujó violentamente los pies contra el fondo del río Garona. Otro golpe de suerte: se apoyó sobre una tabla que había caído del andamiaje los primeros días de la obra.

El ascenso le pareció una eternidad. Se dice que en esos momentos —aquellos que preceden al instante fatal— todo se revive en la memoria. Pero Eiffel evitó todo recuerdo. No era la hora de hacer las cuentas finales. Llegaría a la superficie antes de sofocarse.

El aire que invadió sus pulmones fue mucho más doloroso. Sorbos de lava fundida, que ambos hombres vomitaron al llegar a la orilla.

La multitud de obreros se había reunido. Todos querían ayudarlos a salir del río.

Chauvier se dejó caer de espaldas y sonrió hacia el cielo.

Eiffel también se recostó en el suelo, pero giró el rostro hacia el obrero.

—¿Ligero como una pluma?

Chauvier estalló en carcajadas dolorosas y comenzó a tiritar.

—Todos podemos equivocarnos, señor Eiffel. Pero algo es seguro: usted es un héroe. Uno verdadero.

Gustave se encogió de hombros y cerró lo ojos. El aire jamás le había parecido tan agradable.

1

París, 1886

—¡Señor Eiffel, a los ojos de Estados Unidos de América, usted es un héroe!

Qué acento tan curioso: redondo y alargado, brusco en ocasiones. Eiffel siempre se preguntó cómo se forman los acentos. ¿Están relacionados con el clima, con la geografía? ¿Será entonces que algunas vocales son más sensibles al sol, mientras que las consonantes lo son a la lluvia? ¿Será el acento estadounidense una síntesis de las inflexiones inglesas, irlandesas y holandesas? Quizá, pero en ese caso ¿existirá un idioma que los haya precedido a todos? ¿Una estructura originaria?

«Un esqueleto…», piensa Eiffel, observando los labios carnosos que entregan ese cumplido.

A decir verdad, ya hace medio siglo que consagra su vida a los esqueletos. Ha renunciado a casi todo —a su familia, a sus amores, a sus vacaciones— debido a su pasión por los huesos. Por supuesto, son fémures de metal, tibias de acero. Pero esta mujer alta y verde, vestida de forma tan ridícula, que se erige frente a la asamblea, ¿no es también hija de Eiffel? Ella le debe a él su estructura más secreta, la más íntima.

11

—Gustave, ¿estás bien? —murmura Jean—. Parece que viste a la Virgen.

—Virgen… no lo será por mucho tiempo…

Eiffel regresa a la tierra y recuerda dónde se encuentra, frente a quién y por qué.

El embajador Milligan McLane no advierte nada y continúa con su perorata, con ese acento horrible, frente a una asamblea que se tambalea de aburrimiento bajo sus cuellos falsos y sus bigotes.

—Usted pretende, con modestia, no haberse hecho cargo más que de la estructura interna de la Estatua de la Libertad. Pero es esa osamenta la que hace y hará su fuerza.

Algunos vejetes voltean a ver a Eiffel y le ofrecen miradas de admiración. Casi le dan ganas de sacarles la lengua, pero prometió comportarse. Compagnon incluso se lo suplicó:

«Gustave, esa es parte de tu misión».

«Sabes bien que los honores me tienen sin cuidado».

«Pero a mí no, a nosotros no, a Établissements Eiffel tampoco. Si no lo haces por ti…».

«… Hazlo por mí», agregó Claire, su hija, al entrar a la oficina cuando él se anudaba con torpeza la corbata de moño. «Y déjame ayudarte, te vas a arrugar el cuello, papá…».

Gustave Eiffel es un hombre de trabajo de campo, no de salón. Siempre detestó a los aduladores, las maniobras, la cautela en los gabinetes ministeriales y en las cámaras de las embajadas.

En fin, Compagnon tiene razón: hay que jugar el juego. Además, si eso agrada a su querida hija…

—Esta estatua resistirá todos los vientos, todas las tempestades, y estará ahí dentro de cien años.

—Eso espero, ¡cretino! —murmura Eiffel, con la suficiente fuerza como para que Compagnon le suelte un codazo en las costillas.

Pero el ingeniero da un paso adelante y se dirige, sonriendo, al embajador:

—Más. Mucho más de cien años…

La audiencia lanza risitas ahogadas. Todos piensan que Eiffel tiene ingenio. Gustave los observa con falsa amabilidad. Le falta tan poco…

Aprovechando que se salió del grupo, el embajador se acerca al héroe del día y alza la medalla.

A Eiffel le asombra que sea tan pequeña. Ha recibido montones, a lo largo de los años. Condecoraciones francesas, regionales, locales: todas están desordenadas en un cajón que a los niños les encanta escudriñar en Cuaresma. Esta no tendrá más valor que las otras.

«Todo por esto…», se dice Eiffel mirando hacia «su» estatua. ¿Es de él, realmente? Su forma, sus encantos, su mirada, su desdén: todo se debe a Bartholdi, el escultor. Los viajeros que a partir de ahora entren por el puerto de Nueva York pasarán frente a ella. Ella será la primera estadounidense con la que se encontrarán. ¿Pero a quién atribuirán su paternidad? ¿Al artista o al ingeniero? De los dos, ¿quién es el artífice, el verdadero creador? ¿Acaso no es el arte aquello que permanece escondido, lo que no se muestra? Todos los puentes, pasarelas y viaductos que Gustave ha construido desde hace treinta años ¿son obras de arte o solo objetos? ¿No es hora de que edifique un esqueleto, una estructura que exista solo por sí misma, y que sea la revancha y el triunfo de los huesos?

Un pequeño dolor lo aparta de sus pensamientos. ¿El embajador lo hizo a propósito? ¿Vio la mirada furtiva del beneficiario, a quien pinchó con la aguja de la medalla en el lado derecho de su pecho?

El estadounidense finge no darse cuenta de nada, e Eiffel refrena su gesto de dolor.

—En nombre del pueblo estadounidense y de sus valores, lo nombro ciudadano honorario de Estados Unidos de América. *God Bless America!*

—*God Bless America!* —responde a coro el público.

Un francés le hubiera dado un abrazo. El embajador estrecha a Eiffel y después lo besa en ambas mejillas. Gustave se tensa. Su ancestral sangre alemana sale a la superficie siempre que se enfrenta con ademanes demasiado fraternales. Por lo visto, estos estadounidenses son muy entusiastas. Y además, el aliento, ¡santo Cristo!

«¿Comió ranas, señor embajador?».

Por supuesto que no dice nada. Pero ¡por Dios!, cómo le hubiera gustado…

* * *

—¡Ese yanqui apestaba a ajo! ¡Era un horror!

—Se veía en tu expresión… Espero que nadie se haya dado cuenta…

Eiffel observa a la audiencia, que bebe su champaña a sorbos.

—¿Ellos? Son ciegos y sordos…

Un viejo académico se abalanza sobre Eiffel y le estrecha la mano con efusividad, al tiempo que murmura un elogio que, debido a la ausencia de dientes, es incomprensible.

—Pero no mudos… —agrega Compagnon cuando el viejo se aleja tambaleándose con su traje verde.

—Bueno, ya es suficiente —concluye Eiffel, mientras se dirige al guardarropa.

—¡Gustave, espera!

—¿Esperar qué? Todas estas personas solo parlotean. Sabes bien que odio parlotear…

Compagnon parece estar alerta, como si temiera que la actitud de Eiffel le fuera a jugar una mala pasada. Ya lleva años puliendo sus asperezas y limpiando a su paso. Una tarea muy ingrata: Gustave es su socio, no su soberano.

Pero Eiffel ni siquiera se da cuenta. Su amistad, porque son verdaderos amigos, descansa en esa extraña relación de dependencia y complicidad. Como el ciego y el paralítico.

Hoy, por ejemplo, Gustave no debería comportarse con tanta desenvoltura. Compagnon se lo había advertido al subir la escalinata de la embajada de Estados Unidos, en la rue du Faubourg-Saint-Honoré. Asistiría la alta sociedad, es decir, futuros contratos.

«No necesitamos contratos…».

«¡*Siempre* necesitamos contratos! Es claro que no eres tú quien mete las narices en las cuentas, Gustave».

«Precisamente por eso me asocié contigo. Para mí, los números son medidas, no billetes…».

Aun así, Compagnon tiene razón. Esa noche, la corte y la ciudad se reúnen bajo la bandera estadounidense. No es el momento de hacerse la diva.

—No hacen más que hablar de la Exposición Universal, ¿no crees? Es dentro de tres años, es decir, mañana…

Gustave finge no comprender y toma una copa de champaña antes de hacer una mueca.

—¿Ya lo notaste? Está tibia. Estos estadounidenses…

Compagnon toma a Eiffel del brazo y lo empuja con un poco de brusquedad hacia un rincón del salón, donde se encuentra un antiguo cuadro que representa a la ciudad de Cabo Vincent, en el lago Ontario. Una escena fechada, tan inmóvil como los fantasmas que habitan los salones.

Compagnon señala a un hombre alto que está de espaldas y parece dar saltitos en su lugar, como si se impacientara.

—¿Ves ese grande de ahí? Trabaja en Quai d'Orsay. Dice que Freycinet quiere un monumento que represente a Francia en 1889.

—¿Un monumento?

Al ver que por fin ha llamado la atención del ingeniero, Compagnon insiste.

—¡Sí! Quiere edificarlo en Puteaux, a las puertas de París. Además, antes de ello, quieren construir una vía férrea metropolitana, como en Londres. Un tren que pase por debajo del Sena.

Esta idea espabila de inmediato a Eiffel.

—Eso está bien, ¡muy bien!

Compagnon siente que por fin va a ganar la partida.

—¡Ya ves que no vinimos en vano! Habría que ponerse en contacto con el ministerio para proponerles proyectos y dibujarles algunos planos.

—¿Del metro? Tienes razón. Infórmate.

—¡No, no del metro, Gustave! Del monumento…

Cuando Gustave se enterca, nada puede desviar su atención.

—El metro no es una idea nueva. Además, ya hay gente que está interesada —agrega Compagnon.

—¿Y cómo va toda esa gente? —pregunta Eiffel, poniéndose el abrigo.

Compagnon debe admitir que no lo sabe.

El ingeniero sonríe, se inclina desde la distancia y hace una pequeña seña a unos invitados que advierten su partida. Al ver que algunos avanzan para acercarse a él, retrocede hasta llegar al patio de la embajada. Compagnon no se le despega. La mente de Gustave se echa a volar. ¡El metro! ¡Hay que hacerlo mejor que los ingleses! Se imagina túneles, estructuras metálicas, ¡el esqueleto de un enorme gusano!

—Te digo que te informes. Un monumento no sirve para nada. Pero el metro... ese es un proyecto hermoso. ¡Un *verdadero* proyecto!

2

Burdeos, 1859

Pauwels no sabía qué atizaba más su ira: el accidente de Chauvier, la incongruencia de Gustave Eiffel o que su propia tacañería casi había provocado una verdadera tragedia.

Mientras se acercaba a los dos hombres que estaban acostados sobre la ribera, los obreros le abrían el paso. Inspiraba en ellos una mezcla de respeto y desagrado. Pauwels no dejaba de ser el patrón…

—¿Quién se cree que es, maldita sea? ¡No tenía que saltar!

Eiffel empezó a erguirse y, por reflejo más que por empatía, Pauwels le tendió la mano para ayudarlo a ponerse de pie.

—Se lo dije, señor Pauwels. Con más madera haríamos andamios más grandes y nadie caería al agua…

Todos los obreros asintieron, aunque sin atreverse a hablar. No sabían hasta qué punto podían apoyar al ingeniero.

—Ya se lo dije veinte veces: ¡tengo un presupuesto que respetar!

Los presentes se quedaron helados en espera de la respuesta.

Eiffel señaló a los obreros y dijo con calma:

—Y yo necesito a todos mis hombres...

Pauwels comprendió que estaba atravesando arenas movedizas. No quería verse envuelto en un motín. Si eso sucedía, el presupuesto estaría verdaderamente comprometido. Y él también tenía que rendir cuentas.

Se acercó a Eiffel, lo tomó del brazo como si estuvieran en un salón y le habló con un tono conspirativo.

—Su muchacho no está muerto —dijo señalando a Chauvier.

El obrero seguía sonriendo hacia el cielo, como si Dios le acabara de conceder una prórroga.

A Eiffel no le quedó más remedio que asentir.

—Entonces, deje de fastidiarme con sus cuentos de que necesita más madera.

—En ese caso, yo me encargo —reviró Gustave.

—¿Encargarse? ¡No me diga!

Sin devolverle la mirada a Pauwels, Eiffel se envolvió en una manta y dio media vuelta.

—¿Pero a dónde va? ¡Y séquese, por Dios! ¡No es momento de enfermarse!

Si hubiera visto el rostro del ingeniero, Pauwels habría descubierto una sonrisa entusiasta y seductora. Eiffel amaba los retos y estaba dispuesto a enfrentar uno nuevo. Después de todo, había comenzado el día salvando una vida. Frente a eso, encarar al hombre más rico de Burdeos sería un juego de niños.

—¡Eiffel, regrese! —gritaba Pauwels, a punto de perder toda autoridad—. Se lo suplico, ¡no haga una tontería!

3

París, 1886

Eiffel ama el ruido. Pero no el ronroneo mundano de los salones, ni el cuchicheo de tocador, sino el ruido franco de una humanidad que brinda, que fanfarronea. Eso le recuerda la atmósfera de las obras de construcción, de los talleres, donde hombres dedicados por completo a su oficio se sumergen en el trabajo del día, se encargan de arrancar de la nada una forma, una estructura. Dedicados a hacer real, tangible, lo que Gustave había *imaginado*. Todo surge de la imaginación: la fuerza de ver más allá de lo dado, de pensar de manera distinta. Y eso no puede hacerse más que en el perpetuo alboroto que le sigue al gran silencio de la inspiración, lo cual, para el ingeniero, siempre ha sido fuente de fascinación y terror. Cuando se encuentra solo frente a sus ideas, cuando acecha la chispa que dará pie al primer diseño, Gustave tiene miedo. Se siente como un niño pequeño al borde de un bosque, ya caída la noche, sin saber por dónde saldrá el lobo. Pero el Coco nunca aparece. Al contrario, mientras más indescriptible e impalpable sea el miedo, más activa se vuelve su creatividad; debe tocar el fondo de la inquietud, de la duda, para salir a la superficie con una *buena* idea. Así es como Établissements Eiffel se ha convertido en lo que es: genios del hierro, poetas del metal. El hierro es un material que no existiría si no fuera por la algarabía de las fundiciones, los martillos, las creaciones, los músculos sudorosos, las frentes inquietas, la atención constante. El ruido, de nuevo. Ese ruido invaluable. Su hogar.

Esa es la razón por la que Gustave se siente tan bien en los bares donde nadie se escucha. Hay algo reconfortante en esas colmenas en las que se grita, se saluda, se toca. Desde la derrota de 1870, este tipo de lugares ha proliferado. ¿Cuántos alsacianos encontraron refugio en París, después de haber huido de la hidra de casco puntiagudo? Prefieren servirles cerveza a los dragones de la República que a los soldados de Bismarck. El chucrut será francés o no será.

—¿Otro vasito, señor Eiffel?

—¡Perfecto! Y tráigame una docena.

—¿Ostiones finos?

—¡Por supuesto!

—Al instante.

—Papá, no te has acabado la primera docena…

—Me conoces, siempre tomo precauciones…

—¡Y no comas tan rápido, te vas a ahogar!

—Sí, mamá…

Claire hace una mueca. No le gusta que su padre le hable así. Por supuesto que mima a toda la familia, es su papel de hermana mayor. Desde la muerte de su madre, nueve años atrás, ella es la verdadera señora de la casa. Pero que él la llame mamá es demasiado. No es divertido para ninguno de los dos. De hecho, él se da cuenta y pone su mano llena de yodo sobre la de Claire.

—Perdóname, querida… Puedo ser torpe.

Frente a la sonrisa de su padre, Claire siente cómo se

esfuma su animadversión. ¡Padre e hija se adoran! «Son como dos dedos de la mano», dicen en los pasillos de Établissements Eiffel, en Levallois-Perret, cuando Claire pasa para asegurarse de que su padre se puso la bufanda, o cuando le lleva el almuerzo en una canasta. Gustave no es solo su padre, también es su modelo a seguir, su ídolo. Cuando habla de él, su tono se enardece.

«Estás enamorada, ¡lo juro!», bromeaban a veces sus amigos.

Claire se encoge de hombros sin sentirse ofendida.

«En cierto sentido. Es el hombre de mi vida. Por lo menos en este momento».

Por eso ella quiso verlo esta noche. Incluso fue ella quien lo citó en la Brasserie des Bords du Rhin, en el bulevar Saint-Germain, porque sabe que Gustave es asiduo a ese lugar. Lo que quiere anunciarle merece su atención y su indulgencia. Por lo tanto, tiene que estar en su elemento.

—Papá, quisiera decirte algo…

Eiffel la mira con cariño, pero su mente ya está en otro lado. Engulle un ostión tras otro, con esos fuertes sorbidos que a su esposa le causaban horror.

«¡Gustave, pareces un pulpo!», le decía, a punto de marcharse del comedor. Claire heredó esta aversión, pero hoy tiene que aguantarse. No es el momento de ofender a su padre.

—Déjame adivinar —dijo tragando otro ostión—. ¿Abandonas el Derecho por las Bellas Artes?

—Me gustaría casarme…

¡Claire no puede creerlo: por fin lo ha dicho! Todo su cuerpo está tenso, pero solo ella se da cuenta. Hay tanto ruido que Gustave no escucha nada.

—¿Cómo?

Claire sonríe a medias y separa cada sílaba.

—Quie-ro ca-sar-me.

Imperturbable, Eiffel se encoge de hombros y sumerge los labios en el tarro de cerveza que acaba de llevarle el mesero.

—Sí, claro, ya llegará ese día —responde, limpiándose el bigote—. Toma, ¡come unos ostiones! El yodo es excelente para la salud. Para el crecimiento. Para todo.

—Papá…

¿Gustave lo hace a propósito? En ocasiones es un niño travieso que se merece una nalgada. Y en ese momento podría aprovechar y llamarla *mamá*…

Claire se prepara para acometer de nuevo, cuando una sombra se acerca a ellos.

Fue Claire quien le dijo a Compagnon que almorzaría ahí con su padre. Se lo confió y le suplicó que no la molestaran. Hoy menos que nunca. Siempre son los nuestros quienes nos traicionan… Hace ya diez años que el ingeniero y el antiguo carpintero trabajan juntos; su relación ha llegado al punto en el que Jean es considerado como parte de la familia. Al menos eso era lo que creía Claire.

Por desgracia, Compagnon ya no es el amable tío adoptivo. Asumiendo su papel de socio angustiado, se sienta sin siquiera mirar a Claire y extiende unos documentos sobre la mesa, haciendo caso omiso de las manchas y los lamparones.

—¿Ya almorzaste? —pregunta Eiffel, y antes de tener una respuesta, exclama—: ¡Doce finos para el señor! —Y abre el periódico que Compagnon llevaba bajo el brazo—. ¿Hablan de la medalla estadounidense? ¿Hay fotografías?

—Creía que los honores te tenían sin cuidado.

—Los honores, sí. La publicidad, no. No eres tú quien va a decir lo contrario, ¿o sí?

Mientras su padre escudriña cada página de *Le Figaro*, Claire siente que sus músculos se tensan. Compagnon al fin advierte a la joven y recuerda que no eligió un buen momento. Le ofrece un gesto afligido a modo de disculpa, pero Claire no desvía su mirada de los ojos de su padre.

—Papá, ¿podemos hablar en serio?

El padre no la escucha. Compagnon acaba de darle un envío pendiente y el ingeniero lo firma, una hoja tras otra.

—Lo siento, mi Claire —se disculpa Compagnon, avergonzado—. Pero tú sabes…

—Sí, claro, lo sé…

Claire conoce esta *concentración* incorregible con la que su padre siempre le machaca las orejas: «Se debe estar en lo que se está, en lo que se hace. Nunca se distraigan, ¿comprenden, niños?».

«Sí, papáaa…».

De pronto, Eiffel empuja con violencia uno de los documentos hacia Compagnon.

—Poulard, vuélvelo a negociar. Yo no pago esto…

Luego, después de firmar otra media docena de documentos, Eiffel se desploma en su asiento, como un atleta después de un esfuerzo; con el rostro sereno, vacía la mitad de su tarro.

Claire no tiene la fuerza para retomar el combate. En ocasiones, su padre tiene el don estropearlo todo.

Compagnon, sintiéndose un poco incómodo y dudando si debía escapar (ahora que había arruinado la fiesta, ¿no sería cobarde fugarse?), le pregunta a Gustave:

—¿Pensaste en la Exposición Universal? ¿En el monumento?

Eiffel desestima el tema con un gesto despectivo.

—No empieces de nuevo. Lo que me interesa es el metro…

Pone la mano sobre la de su hija y agrega:

—Claire, dile que el metro es moderno.

Con tono quejoso, Claire repite como perico:

—El metro es moderno, Jean.

Pero Eiffel no advierte ninguna ironía en la voz de su hija. Al contrario, asiente satisfecho por el apoyo.

Claire se endereza en su silla y, lanzándole un guiño a Compagnon, dice:

—Pero también un monumento podría ser emocionante.

Eiffel está sorprendido, sobre todo porque Compagnon responde de inmediato:

—Te aseguro que el monumento es el contrato que debemos buscar. Ahí está el prestigio.

Otra palabra que irrita al arquitecto… ¡Prestigio! ¡Mira nada más!

—Explícame cuál es el interés de construir un edificio que no servirá para nada y que habrá que desmontar…

—Ah, ¿es temporal? —exclama Claire sorprendida.

—Veinte años —mascula su padre—. Es decir, un segundo…

Compagnon tensa la mandíbula pero no se declara vencido.

—¿Recuerdas el proyecto de Koechlin y de Nouguier?

Eiffel finge hacer un intento por recordar, aunque sabe perfectamente de qué está hablando su socio. Esa torre le había parecido bastante ingrata, anodina; de inmediato la rechazó y exigió a sus empleados que buscaran otras ideas.

—¿Esa columna que tratan de endilgarnos desde hace meses? Estás bromeando, espero…

—En verdad amerita que la veas de nuevo.

Eiffel se encoge de hombros.

—Una torre. Pero una torre no sirve para nada.

—Quizá, pero se ve de lejos…

Ante ese comentario, Eiffel calla y reflexiona. Claire aprovecha para levantarse de la mesa.

—Los dejo…

Gustave le sonríe con dulzura.

—¿Estás segura, querida?

—¿Segura de qué?

—¿No querías hablar conmigo?

¡Su padre es imposible! Hubiera querido que su madre volviera de entre los muertos para darle una buena sacudida.

—No te preocupes —murmura, decepcionada.

A pesar de su enojo, le da un beso a su padre y el olor de su loción atenúa un poco su mal humor. Incluso se las arregla para sonreír y, alejándose entre las mesas cargadas de cerveza y chucrut, añade:

—Te lo diré pronto, papá.

—Cuando quieras, querida.

Compagnon la mira desaparecer por la gran puerta giratoria. Advierte sobre todo a los hombres que observan con detalle su silueta, sus formas, la manera en la que su cintura se afina, a pesar de su atuendo severo. Desde la mesa vecina, tres señores incluso la señalan con gestos provocativos.

—Tu hija ha cambiado mucho.

—¿Tú crees?

—Se ha convertido en toda una mujer…

Ante el comentario, Eiffel olvida sus ostiones, sinceramente sorprendido.

—¿Una mujer? ¿En serio?

4

Burdeos, 1859

Pauwels tenía razón: de ningún modo podía enfermarse. Aparte, uno no se presenta en casa de los Bourgès vestido como pordiosero. Así que regresó a su casa rápidamente para ponerse ropa seca, arreglar un poco su cabello, e incluso rasurarse. Su padre tenía barba, mientras Gustave se enorgullecía de lucir ese mentón lampiño y voluntarioso, que llamaba la atención de las jóvenes bordelesas cuando se sentaba en las terrazas de los cafés al terminar el día.

Pero hoy, Gustave Eiffel no fue al café. Entró, ¡y sin ser invitado!, en una de las casas más hermosas de la ciudad, que se ubicaba un poco lejos del centro. Era una de esas magníficas estructuras construidas durante el Antiguo Régimen, que habían pertenecido a aristócratas locales. Algunos comerciantes ricos las habían comprado, con frecuencia a bajo precio, al terminar la Revolución. Puesto que los propietarios estaban en el exilio o les habían cortado el cuello, era la época de buenos negocios. Eiffel no sabía de dónde provenía la fortuna de los Bourgès, pero era colosal. Era el reflejo de esa gran fachada, de ese jardín floreciente, de ese parque profundo y de ese *ballet* de sirvientes que se movía con gracia concertada, como un

29

hormiguero. Al verlo subir el sendero central que llevaba hasta la reja, un mayordomo fue a recibirlo. Era un hombrecito rígido y de mirada marchita, que hablaba con un presuntuoso acento británico.

—Señor, ¿puedo ayudarlo?

—Vengo a ver al señor Bourgès.

El rostro sorprendido del sirviente miró con desprecio, por un instante, al desconocido, como si evaluara su atuendo, su elegancia.

—¿Lo esperan?

—No, pero es urgente —espetó Gustave, impaciente, con tono seco—. Tiene que ver con el puente…

—¿El puente? —exclamó asombrado el mayordomo.

—Sí. Sobre el Garona. Trabajo con el señor Pauwels.

El sirviente carraspeó y le hizo una seña a Gustave para que lo siguiera.

En ese momento llegaron otras personas; una pareja de bordeleses, notablemente jóvenes y ricos, que le hicieron una pequeña seña al mayordomo —«Buenos días, Georges», «Buenos días, señor conde; buenos días, señora condesa»—, antes de subir los escalones que llevaban a la entrada principal.

Eiffel rechinó los dientes al comprender que Georges lo estaba guiando por la puerta trasera de la casa. Había que atravesar la lavandería, la oficina, las cocinas; cruzarse con sirvientas atareadas, meseros que llevaban charolas, otros mayordomos que ni siquiera le dieron los buenos días, aun cuando él sí se dignó a saludarlos.

Cuando llegaron al gran vestíbulo de la entrada —¡tanta vuelta para eso!—, Gustave reconoció la voz. Ese timbre grave, rasposo, extrañamente campesino para un gran burgués. Una voz de traficante de caballos. Aunque estuviera de espaldas, Eiffel identificó de inmediato esa alta silueta cuadrada que le hacía pensar más en un cargador de mercado, en un carnicero de zoco, que en un bordelés ricachón. Louis Bourgès ya había ido tres veces a visitar la obra de la pasarela, cuya madera él suministraba. Se decían muchas cosas de ese hombre, de su fortuna, de sus métodos. Como quiera que fuera, la vida le sonreía, porque ese lugar tenía un brillo intimidatorio.

Louis Bourgès estaba plantado en medio de la entrada, a medio camino entre la puerta de doble hoja y esa escalera lujosa que ascendía al primer piso. Con los brazos dibujaba molinillos y su voz retumbaba.

—¡No vas a volver a empezar con eso! ¡Una señorita no usa pantalones!

—Pero, papá, vamos, ¿en qué lo molesta…?

—Eso no se hace, lo sabes muy bien.

Una carcajada cristalina.

—Pues bien, tendrá que ir a visitarme a la cárcel.

Gustave vio entonces una silueta que se separaba de la del coloso y subía corriendo la escalera, como un hada. Apenas y tocaba el suelo. De pronto, se detuvo y giró, apoyada en el barandal y lanzando su mirada de gata. Después le sonrió a su padre con alegría provocadora.

—Adrienne, por favor, sé amable…

—*Soy* amable —volvió a reír antes de desaparecer en la planta superior.

Bourgès se encogió de hombros y masculló al tiempo que consultaba su reloj de bolsillo. Fue en ese momento en el que percibió al desconocido.

—Usted, ¿qué desea?

Pero el hombre no le respondió; sus ojos aún miraban hacia la escalera, donde el hada se había esfumado demasiado rápido.

—Georges, ¿qué es esto?

El mayordomo le dio un ligero empujón con el codo a Gustave para que pusiera los pies sobre la tierra. El enorme rostro de Bourgès estaba casi frente al suyo, y sintió su pesado aliento de burgués sobrealimentado.

—Vengo por lo del andamiaje…

Bourgès permaneció inalterado, un poco atontado.

—¿El andamiaje?

—Sí, el del puente sobre el Garona.

Sus ojos comenzaron a iluminarse.

—El puente… ¿Y usted quién es?

—Gustave Eiffel.

Al escuchar ese nombre, Louis Bourgès se irguió y perdió la pesadez. Sonriente, tomó la mano de Gustave para estrecharla con entusiasmo.

—¿El héroe del día? No se habla más que de usted desde esta mañana.

Gustave no estaba ahí para recibir homenajes.

—Precisamente, señor Bourgès. Nos hace falta madera. Por eso he venido. Necesitamos más, mucha más…

Esos detalles le parecieron de poca importancia a Bourgès, quien hizo un gesto despreocupado.

—Ningún problema. Lo veré con Pauwels —respondió, fingiendo volver a sus ocupaciones.

—No. La necesito de inmediato…

De nuevo, el cuerpo se inmovilizó y recuperó su inercia, como si existiera una separación entre la mente alegre y vivaz, y ese cuerpo tan tosco. Pero volvió a sonreír y examinó a Gustave como lo había hecho el mayordomo a su llegada. El ingeniero tenía la sensación de someterse a un examen tras otro.

—Ah, ¿sí? —dijo Bourgès—. Bueno, ¡entonces quédese a almorzar! Así podremos hablar tranquilamente. ¿Acepta? Georges, que pongan otro lugar.

¡Esos grandes burgueses son imposibles! Tan poco acostumbrados a que los contradigan, ellos hacen las preguntas y dan las respuestas. Sin duda es por eso que son negociadores empedernidos: tienen la razón antes que cualquiera.

Gustave se disponía a repetir que había venido por la madera cuando la puerta del comedor se abrió de par en par. Todos estaban ya sentados, y un «¡ah, papá, por fin!» resonó como una canción.

—¿Viene? —se impacientó Bourgès.

Con mucha torpeza, Eiffel siguió sus pasos.

—Amigos, ¡tenemos un invitado sorpresa!

Entre los comensales, Eiffel reconoció al instante los ojos de gata.

5

París, 1886

La torre está ahí, sobre el enorme escritorio de caoba, perdida entre los montones de documentos a validar, los estuches de lápices y las tazas donde descansan restos de café. Los dos hombres están firmes, retraídos, intimidados. Su patrón examina la maqueta, girando alrededor del escritorio. Sus ojos examinan los detalles, mientras su cerebro la proyecta en la vida real, en grande. Pero su expresión es la de una fiera que acorrala a su presa. Con una patada puede destrozarla.

Después, Eiffel se detiene y alza la cabeza hacia los dos ingenieros. Su voz es obstinada:

—Es fea…

Nouguier se sobresalta y Koechlin empieza a defenderse, explicando que tiene cuatro pilares, lo que permitiría…

—Cuatro, seis o doce, qué me importa. ¡Si es fea, es fea!

Los dos hombres no se mueven, sorprendidos y humillados. Apenas el día anterior Compagnon los llamó con urgencia para pedirles que volvieran a sacar ese proyecto de la torre, aunque Eiffel ya lo había rechazado el año pasado. Incluso tuvieron que improvisar algunos arreglos a esta maqueta en unas cuantas horas.

«Quizá sea la oportunidad de su vida, amigos. Si a Gustave le gusta, ¡la fortuna es suya!».

Pasaron la noche preparando esta hermosa estructura de metal, colocada esta mañana, de último momento, sobre el escritorio del patrón, justo cuando entraba por la puerta principal de Établissements Eiffel.

Y ahora, sus grandes esfuerzos se veían reducidos a nada por este simple epíteto: *fea*.

La oficina de Eiffel está rodeada de vidrio, como un acuario. En las oficinas adyacentes, todos están atentos. Inclinados sobre sus planos, sus compases, sus cálculos, los colegas de Koechlin y de Nouguier solo tienen ojos para esa escena. Afrontando su timidez, Koechlin reanuda:

—Hicimos los cálculos: podremos montar hasta doscientos metros…

—El obelisco de Washington mide solamente ciento sesenta y nueve metros —intercede Nouguier.

Eso solo irrita más a Eiffel. Le parece estar frente a dos niños que intentan justificar un error. ¡En su casa, Albert y Églantine son más adultos!

—Entonces qué, ¿se trata de quién llega más alto?

—¡Sí! ¡Y estaría bien que fuéramos nosotros!

Eiffel mira fijamente a Koechlin, con una mezcla de irritación y diversión. Le gusta que lo reten. Nada lo aburre más que lo insulso. Sin embargo, Koechlin siente que le tiemblan los tobillos y empieza a balbucear:

—Cuando digo *nosotros*… quiero decir Francia…

—Francia —dice Eiffel entre risitas—, ¡nada más y nada menos!

Cada vez más inquieto, Koechlin se acerca a la maqueta y señala la parte media de la columna.

—El primer piso no será fácil, estamos de acuerdo. Pero después de eso será un juego de niños.

Eiffel siente que su interés aumenta de nuevo. ¿Y si hubiera algo que hacer con esta telaraña?

Una vez más su cerebro proyecta, considera, calcula. Pero cuando imagina este objeto en la ribera del Sena, en Puteaux, el cuadro no lo convence. Sin embargo, gira hacia Compagnon, quien aún no ha dicho nada y está apoyado contra el vidrio. Fue él quien convocó a los dos ingenieros para arrojarlos al ruedo. Se mantiene imperturbable porque conoce esta mecánica intelectual: Gustave está en perpetuo duelo consigo mismo, con sus dudas y contradicciones. Las obras en Garabit, en Gerona, en Cubzac, en Verdún, el puente María Pía o el viaducto Souleuvre, no son más que una lucha entre Gustave y su propia audacia. Si esta torre va a existir algún día, tendrá que seguir el mismo camino.

Sin embargo, cuando Eiffel toma la maqueta y se la da a los dos ingenieros, Compagnon siente que su seguridad se desmorona.

—Todo esto está muy rígido. Sin misterio, sin encanto. Quiero técnica, pero también poesía, ¡por Dios! Estamos aquí para impresionar, pero también para hacer soñar. Vamos, ¡olviden su columna y vuelvan al trabajo!

Koechlin y Nouguier están pálidos. Desde las oficinas adyacentes observan con compasión a los dos hombres que salen de la habitación como penitentes, portando su obra muerta al nacer.

—Eres duro, Gustave —opina Compagnon, al tiempo que jala una silla y se deja caer sobre ella.

Eiffel sigue sumergido en sus pensamientos, garabateando formas y líneas sobre una hoja grande que tiene enfrente.

—No soy yo el duro: es la época. La competencia es feroz. No es momento de quedarse atrás. ¡Nuestro oficio no es para soñadores!

Al escucharlo, Compagnon sabe que Gustave no cree una palabra de lo que dice. Sin sus sueños, sin sus visiones, muchas obras hubieran sido imposibles. ¿No lo apodaban ahora «el poeta del hierro»? Pero Gustave rechaza esas familiaridades.

—El buen proyecto es el que sabemos hacer: algo útil, democrático…

—… Y que durará más que nosotros… —completa Compagnon, que conoce el lema de su amigo—. Lo sé, Gustave.

Consciente de que está divagando, Eiffel se permite sonreír. Sin embargo, es la única manera de hacer que entre una idea: remacharla en la mente como se juntan dos piezas de metal.

—¿Te informaste? —pregunta el ingeniero.

—¿Sobre qué?

A Eiffel no le gusta que sus interlocutores pierdan el hilo de su pensamiento, incluso cuando no lo formule.

—El metro, Jean. Te hablo del metro…

—Es complicado. La ciudad de París y el gobierno no están de acuerdo. Cada uno está a la defensiva y el proyecto está parado…

Para Gustave ese no es un obstáculo. Ha tenido que enfrentar inundaciones, huracanes, acantilados, ¡no serán las controversias administrativas las que le impedirán avanzar!

—¿De qué autoridad depende? ¿Quién dirige el proyecto de la Exposición Universal?

—El ministro de Comercio.

—¿Édouard Lockroy? Pues tendremos que hablar con él.

En ocasiones es Gustave quien parece un niño. Está tan acostumbrado a que Compagnon le prepare el terreno…

Eiffel se pone de pie y camina hasta el perchero, al otro lado de la habitación. Por la ventana, observa el paisaje un instante. A pesar de la lluvia, su pequeña colmena se arremolina. Los obreros acarrean las columnas de metal, los arquitectos corren de una oficina a otra, los proveedores llegan a toda prisa con sus caballos, como si todos avanzaran a contrarreloj.

«Lleven siempre un segundo de ventaja, incluso cuando duermen», les repetía con frecuencia. «Nunca dejen que se les adelanten», otro lema, y tiene tantos. Esos pobres niños ya no pueden más con los axiomas y las fórmulas.

«Papá, déjanos respirar», dice Claire todo el tiempo, sin reproche. La dulzura no es su fuerte. Y ella sabe cuánto ama a esa familia, que es su fundamento, su roca. Pero Gustave Eiffel es un hombre exigente, sobre todo consigo mismo. Por eso nunca se deja abatir. ¿Reunirse con el ministro de Comercio? ¡No es problema!

Saca un periódico del bolsillo de su abrigo, lo extiende sobre el enorme escritorio y señala una firma al pie de un artículo.

—¡Él!

Compagnon se pone sus anteojos. Se trata de un artículo sobre la Exposición Universal, cuyo autor parece muy informado.

—¿Quién?

—¿Conoces esta firma?

Compagnon se inclina un poco más.

—¿Antoine de Restac? Es uno de los columnistas más destacados de hoy, sí.

—Estuvimos juntos en preparatoria, en Sainte-Barbe.

Compagnon está muy sorprendido.

—¿Se conocen?

—No sé si sea el mismo, pero me parece que él es muy cercano al ministro.

Jean asiente y toma el periódico para leer el artículo con más atención.

—Eso te lo aseguro. Restac sabe todo antes que el resto del mundo. Es un verdadero fisgón. Le temen hasta en las más altas esferas del Estado. Debe de saber un montón de cosas sobre muchas personas…

Compagnon siente un ligero temor, dobla el periódico con cuidado y vuelve a sentarse.

—¿Se conocen bien? Quiero decir, ¿eran amigos?

Eiffel voltea de nuevo hacia la ventana. En las nubes ve formas que le recuerdan sus años de juventud. Conoció bien a Restac, se puede decir. Como se conoce bien la parranda, la locura estudiantil, las noches de insomnio.

—Teníamos la misma inclinación por las mujeres y las cervezas.

Su mirada es incisiva y pasa la lengua por sus labios.

—Incluso las metíamos al internado…

—¿A las mujeres?

Eiffel lanza una carcajada.

—No, a las mujeres las veíamos afuera…

Compagnon ya no escucha. Sin importar lo que hayan hecho los dos compañeros, tiene motivos para reunirlos. Ahora más que nunca.

—Está bien, yo te lo organizo…

6

Burdeos, 1859

El almuerzo estuvo delicioso y el ambiente agradablemente relajado. Gustave recordó algunas comidas en Dijon, cuando sus padres lo llevaban a cenar a casa de los grandes burgueses de la ciudad. Eran calvarios en los que el joven hacía esfuerzos por no bostezar, obligado a soportar las estupideces de las viejas metiches, cubiertas con velos, que le hablaban de bordados y jardinería. Pero ahora, nada de eso. A Louis Bourgès le gustaba rodearse de juventud, de alegría de vivir, y Gustave comprendía que su mesa estaba siempre abierta para sus amigos y su gente cercana. Eran una buena docena alrededor de esa gran mesa hermosamente florida. Bourgès presidía como senador. En el otro extremo, su esposa deliberaba sobre la asamblea con una benevolencia discreta. Morena, muy arreglada, con un aspecto joven para su edad, tenía la rigidez acompasada de las mujeres sumisas, a pesar de que su mirada no dejara nada al azar. Algunos amigos que estaban de visita —entre ellos la pareja con la que se cruzó a la entrada— parecían estar como en casa. Y también estaba Adrienne, el hada de ojos de gata...

Estaba sentada frente a Gustave, pero la mesa era muy ancha y ella solo hablaba con sus vecinos. Él intentaba atraer su mirada y ella disfrutaba el placer malicioso de escapar de su atención. Sin embargo, el patriarca dirigía las conversaciones, lanzando temas como se tira los dados en el juego de la oca.

—Bravo por lo de esta mañana, Eiffel —exclamó con autoridad mientras servían los espárragos—. ¡Saltar al Garona con esa corriente!

El vecino de Adrienne, un joven dandi presuntuoso, igual a tantos que Eiffel había encontrado, ahogó una risa desdeñosa.

—No exageremos. En esta temporada la corriente no es tan fuerte.

—Quisiera verte, Edmond, con tu cabello lustroso —rio Bourgès—. ¡Eiffel no dudó un instante en aventarse!

Regañado, Edmond se sonrojó, dispuesto a responder, pero Adrienne no le dio tiempo.

—¿Se aventó al Garona? —preguntó mirando fijamente al ingeniero—. Todo el mundo parece estar enterado, y yo no sé nada…

La joven dejó pasar un instante. Después, curiosa, agregó:
—Cuéntenos…

«Un nuevo examen», pensó Eiffel, cuyos músculos se tensaron. Le parecía más fácil salvar a un hombre de un río helado que fanfarronear frente a una asamblea que esperaba que la deslumbraran. Sobre todo, sentía que una timidez inusual lo invadía frente a aquella joven que lo observaba.

—En la obra —comenzó aclarándose la garganta— nos hacen falta andamiajes. Digamos que hay más obreros que tablones, que además son muy estrechos. Esta mañana, uno de mis hombres cayó al agua.

—¿Uno de *sus* hombres? —repitió Adrienne.

Con un tono que sonó más satisfecho de lo que hubiera querido, Eiffel respondió que él era el ingeniero responsable de la construcción de la pasarela metálica.

El rostro de los comensales se iluminó: al fin comprendían. Todos sabían que Louis Bourgès suministraba la madera de la obra, cuyo progreso seguían todos en la ciudad con interés.

—Un encaje de metal —intervino el conde—. Lo vi cuando me paseaba por el parque, es asombroso.

Una joven que estaba sentada junto a Adrienne discrepó, diciendo que esa pasarela le parecía muy fea.

—Es moderna —zanjó Bourgès—. Y es la elección del alcalde.

La dueña de la casa entrecerró los ojos y observó a su «invitado sorpresa» con un poco de desconfianza. Gustave sintió la hostilidad de esta mujer, que disfrazaba sus sentimientos bajo la cortesía de una anfitriona.

—Una obra bastante grande para un ingeniero tan joven.

—Yo no la diseñé, señora. Yo solo dirijo la obra.

—¡Y además, modesto! —murmuró Bourgès—. Pauwels me contó que este joven ideó un método revolucionario a partir de gatos hidráulicos.

Un velo pasó sobre los comensales, a quienes esos detalles ya empezaban a aburrir. Sin duda preferían hablar de las apariciones que habían tenido lugar en Lourdes desde el inicio del año. O de las consecuencias del atentado contra el emperador en enero pasado. Francia estaba alerta. Frente a eso, los gatos hidráulicos…

Solo Adrienne seguía cautivada, devorando a Gustave con la mirada. Estaba a punto de hablar, pero su madre se le adelantó:

—Los primeros espárragos de la temporada. Son violetas.

Satisfacción general, mientras que las personas se servían.

—¡Bien, explíquenos! —insistió Adrienne como si solo estuvieran ellos dos en la mesa.

Madame Bourgès estaba a punto de intervenir, pero su marido le hizo una seña severa. Después, volteó hacia Eiffel y le dio la palabra.

—Es un sistema muy simple —comenzó, ganando seguridad poco a poco—. Permite estibar los pilones de un puente en el lecho de río para que quede perfectamente fijo y estable, a pesar de la ligereza de su estructura metálica.

La atención del público se perdió de inmediato. Adrienne acudió al rescate de Gustave.

—Entonces, ¿es usted ingeniero?

—Sí.

—¿Y sabe construir de todo?

—No todo, pero bastantes cosas…

Después de un buen rato molesto y agitado, Edmond aprovechó del breve silencio para preguntar en tono astuto:

—¿Y dónde aprendió a nadar?

La pregunta despertó a los comensales.

—En la preparatoria de Sainte-Barbe, en París.

—¿Y qué hacía ahí?

—Me preparaba para el Politécnico. Pero entré a la Escuela Central…

Irritado por este recuento de sus antecedentes, Edmond duplicó la ironía:

—Entonces, ¿buscan buenos nadadores en la Escuela Central?

En otro momento, este altercado hubiera fastidiado a Gustave. Pero parecía que Adrienne se bebía cada una de sus palabras y no quería perder terreno frente a Edmond.

—Para ser franco, la prueba de primeros auxilios no salió bien. El hombre que debía salvar se ahogó, y ahora está muerto…

Todos los invitados se enderezaron, sin comprender a dónde quería llegar ese joven. Bourgès frunció el ceño.

—Pero por fortuna, me calificaron por el clavado: tenía los brazos bien alineados, y por eso me aceptaron…

Ahora, la tensión era evidente. Madame Bourgès perdió la sonrisa y su marido comía los espárragos sin dejar de vigilar la reacción de los comensales.

La risa de Adrienne estalló, incisiva. Una cascada cristalina que relajó la atmósfera. El propio Gustave se había sentido como un acróbata perdiendo el equilibrio.

—Muy gracioso —dijo Bourgès, antes de engullir dos espárragos de un solo bocado—. Tiene imaginación, nuestro ingeniero.

—Y además silencia a Edmond —agregó Adrienne, mirando con desprecio a su vecino, poniéndolo visiblemente en su lugar—. Sin duda, ¡usted es el héroe del día!

Consciente de haber ganado la partida, Gustave dejó que las risas se apagaran, y después aprovechó su breve prestigio.

—Señor Bourgès, los andamiajes no son lo suficientemente amplios. Por eso cayó el obrero esta mañana. En verdad necesitamos más madera…

—¿Ya escuchó, papá? —intervino Adrienne de inmediato—. Si un poco de madera es suficiente para salvar vidas, usted también puede ser un héroe.

Jovial, Bourgès asintió con las mejillas hinchadas por la comida. Parecía que todos se felicitaban por esta buena acción que les costaba tan poco.

Gustave, mientras tanto, solo tenía ojos para Adrienne.

7

París, 1886

Nada supera a las amistades de cuando uno es estudiante. Sobreviven a los celos, los rencores, las heridas de la edad adulta. A pesar del tiempo, conservan una frescura que jamás tendrán los encuentros de una vida que se ha vuelto más vasta. Cuando aún nos estamos formando, aceptamos todo. Nos buscamos, buscamos al otro, a los otros, y ese proceso es un armario de delicias, porque nada parece prohibido. Todavía tenemos la excusa de la juventud, de la inexperiencia, y la aprovechamos. En cuanto a aprovechar, Antoine y Gustave bebieron de la copa del placer hasta la saciedad. Sin embargo, ambos eran alumnos muy dedicados. Prepararse para el Politécnico a principios de la década de 1850 no era cualquier cosa. Los candidatos venían de toda Francia para incorporarse a la prestigiosa escuela, y la competencia era tenaz. Sobre todo porque Sainte-Barbe no era necesariamente la mejor preparatoria, pero había aceptado a ese pequeño joven de Dijon, de 18 años, recién salido de las faldas de su madre. Ah, el orgullo de su familia en las calles de la capital borgoñesa.

«¡Gustave se va a París!», decía su madre. «¡Entrará al Politécnico!».

«Se *prepara* para el Politécnico», corregía el padre.

Pero los comerciantes del mercado, los viticultores, ¿notaban la diferencia? Estaban dispuestos a creer al señor y a la señora Eiffel, a quienes todos respetaban ahí. De hecho, era ella quien llevaba las riendas: una despiadada comerciante de carbón, que había construido un auténtico pequeño imperio. El padre hizo su carrera en el ejército napoleónico, donde aprendió el arte de obedecer: desde entonces, su esposa era su emperatriz. Gustave había adquirido un respeto por el trabajo bien hecho, por la fidelidad a la palabra dada, por el esfuerzo; y esa ambición aferrada al cuerpo era tanto más fuerte porque provenía de su madre, en una época en la que las mujeres con frecuencia se veían confinadas a la cocina y a la sala. Una sola cosa atormentaba a los dijoneses: su apellido. Todos sabían bien que, aunque se hicieran llamar Eiffel, esta familia se llamaba Bonickhausen. Y por más que llevaran un siglo viviendo en Francia, no dejaban de provenir de Renania, de la región de Eiffel. No eran exactamente personas como ellos. Eso marcaba una diferencia.

Los Bonickhausen, llamados Eiffel, hicieron de esa diferencia una fuerza. Lo que los distinguía los fortalecía, los «complacía», y el padre sabía que algún día haría oficial su cambio de apellido. Por eso eran personas fuera de toda sospecha, inatacables. Por eso el éxito académico del pequeño Gustave era una nueva prueba de excelencia e integración. No había duda de que era francés.

¿Se podía hablar de excelencia? Considerado desde el punto de vista de la gente de Dijon, con toda seguridad. Por supuesto, Gustave se preparaba con empeño para el examen, ¡pero las noches que pasaba con su amigo Antoine en las tabernas de la montaña de Sainte-Geneviève fueron menos de estudio! ¿Habrá siquiera dormido durante esos dos años? Él sería incapaz de afirmarlo. Los únicos recuerdos que tiene son las mañanas entre sábanas pegajosas, y las hermosas cabelleras sobre la almohada a su lado, que cubrían unos rostros juveniles que no significaban nada para él. En esa época vaciaban jarras de cerveza y devoraban muchachas, ¡o al revés! Era la alegría, la locura, la juventud, el mundo de infinitas posibilidades. Lo habían tenido resguardado durante dieciocho años; era necesario que se rebelara. Y Antoine de Restac, un compañero que conoció al llegar al internado, sería su compañero de desenfreno.

Por desgracia, sus payasadas asestaron un duro golpe a sus ideales. Después de tanta distracción, uno se dispersa y se pierde a sí mismo. Luego viene la desbandada. Los padres de Gustave no podían creer a su hijo cuando les anunció que había reprobado el examen del Politécnico.

—Aprobé el escrito, pero no el oral…

No explicó que la noche anterior al examen no había dormido por estar entre los muslos de Camille, una amable joven que conoció en la plaza de la Contrescarpe, que incluso tuvo que sacarlo a empujones para que fuera a su examen.

—Para compensar, me aceptaron en la Escuela Central…

Los padres no quisieron saber más. Para ellos, la Escuela Central de Artes y Manufacturas no existía. La decepción estuvo a la altura de sus expectativas. Sobre todo, ¿qué les dirían a los vecinos, a la familia, a los comerciantes? ¿Cómo era posible que el pequeño Gustave les hubiera jugado una treta así?

¿Sería en ese momento cuando nació el rigor de Eiffel? ¿Su integridad, su inflexibilidad, provienen del velo que cayó sobre la mirada de su madre? Un velo que tardaría años en desaparecer. Harían falta puentes, estructuras, pasarelas, para que Catherine Eiffel dejara de considerar a Gustave como un vago. Incluso en las inauguraciones, cuando la felicitaban por el trabajo de su hijo, ella murmuraba:

«Sí, sí, es bastante talentoso. Pero si hubiera estudiado en el Politécnico…».

Gustave no decía nada, herido por el pesar de su madre, pero consciente de que era su culpa.

—¿Quieres decir que tu madre te lo reprochó?

Antoine de Restac no puede creerlo. Hace ya una hora que Gustave le cuenta su vida desde que se separaron al terminar Sainte-Barbe, y le asombra la inflexibilidad de esa mujer.

—Yo ya no era el niño que ella conocía…

Restac estalla en carcajadas. En la taberna, el ambiente es irrespirable. Los dos hombres apenas pueden verse detrás del humo de las pipas, del aturdimiento del alcohol y de esas personas que chocan unas contras otras, que se tambalean, llaman a los meseros, gritan que tienen sed, hambre, ganas de un muslo de pollo, de un asado o de una mujer.

¡Ninguno de los dos había regresado ahí desde 1852!

—Treinta y cinco años, ¿te das cuenta? —exclama Gustave mirando a su alrededor.

—No ha cambiado —dice Restac al tiempo que vacía el quinto tarro de cerveza tibia, pero rica en recuerdos.

—Sí: *nosotros* cambiamos.

Eiffel pasa la mano sobre su barba canosa.

—Hace treinta y cinco años nosotros éramos los más jóvenes en la taberna, acuérdate. Y ahora...

Con un gesto instintivo, Antoine de Restac se lleva la palma de la mano a la parte superior de su cráneo; desde hace algunos años se está quedando calvo.

—Hoy somos los ancianos de la asamblea.

En las mesas vecinas, algunos estudiantes los miran por encima del hombro con ironía.

—Entonces, señores, ¿vamos a fornicar?

—¿Quieren que les prestemos una? —agrega uno de los jóvenes, señalando a la mujer que está sentada en su regazo.

Ella, pelirroja, ofrecida, casi desnuda, examina a los cincuentones de pies a cabeza y grita con avidez:

—Yo no diría que no. Son como las perdices: cuando están pasadas tienen mejor sabor...

La mesa estalla en carcajadas y nuestros dos «ancianos» se miran y se encogen de hombros. ¿No hicieron ellos las mismas bromas en su tiempo? Era el alba del Segundo Imperio, Badinguet estaba al mando, Haussmann aún no había destripado París, pero el ánimo era el mismo. La embriaguez trasciende las épocas, es eterna. Napoleón III o el general Boulanger, con los ídolos y los chivos expiatorios de cada momento. Los estudiantes no dejan de ser estudiantes y solo se preocupan por ellos mismos, por su libertad, por su placer.

—Y tú, Antoine, ¿qué has hecho durante estos treinta y cinco años?

Restac se recarga en el respaldo de su silla y adopta una actitud evasiva mientras le da una profunda calada a su puro.

—Yo no me convertí en una celebridad como tú. Nací perezoso y así seguí.

51

—Buena definición del periodismo.

El comentario hace sonreír a Restac, pero conserva su seriedad.

—Sin duda mi familia tenía demasiado dinero, demasiadas comodidades. No tuve que luchar. Tomé el camino fácil. Con mis contactos, mi buen aspecto, mis buenos modales, he pasado de los salones a los ministerios por tantos años que ahora soy el hombre mejor informado de París. A decir verdad, solo mi esposa sigue siendo un misterio para mí...

—¿Estás casado?

—Parece que te sorprende. Sí, estoy casado. Y desde hace mucho tiempo.

—¿Y cuántos hijos tienes?

El rostro de Restac se paraliza al oír esta pregunta. Se muerde el labio y le hace una seña al tabernero para indicarle que les sirva otros dos tarros.

—¿Tú tienes? —pregunta sin responder a Gustave.

—Cuatro...

Restac vuelve a hacer una mueca. Eiffel advierte la marca fugaz de unos celos despiadados que, de inmediato, se ahogan en una mirada triste y resignada.

—Debe de ser hermoso, cuatro hijos. ¿Y la madre?

Ahora es Eiffel quien se paraliza. Restac ve cómo su amigo palidece.

—Marguerite murió hace ya nueve años...

Un silencio largo. Los dos hombres se sienten avergonzados. Avergonzados en ese instante suspendido en el que uno y luego el otro se envidiaron, se tuvieron celos, para luego comprender que cada uno cargaba su cruz.

Como si tuviera que romper el hielo, Restac golpea la mesa con el puño.

—Treinta y cinco años, mi viejo Gustave. Treinta y cinco.

—Y siempre la misma cantidad de espuma —ríe Eiffel, vaciando de un trago la cerveza que el tabernero acaba de servirles.

Nuevas carcajadas de la mesa vecina, donde cantan a coro *En revenant d'la revue*.

Gustave pone su tarro sobre la mesa con los ojos vidriosos. La cerveza lo ha hecho poner los pies en la tierra. No está aquí para despertar fantasmas, ni para revivir su juventud. Él es Gustave Eiffel, el brillante fundador de Établissements Eiffel, y no es casualidad que haya querido volver a ver al periodista Antoine de Restac.

—¿Conoces a Édouard Lockroy?

A Restac le sorprende la pregunta y el tono inquisitivo de su antiguo compañero.

—¿El ministro de Comercio? Sí, lo conozco. De hecho, bastante bien.

—Pues qué mejor…

—¿Por qué me lo preguntas?

—Necesito reunirme con él. Pronto…

8

Burdeos, 1859

El prestigio del joven Eiffel disminuyó rápidamente. Apenas terminada la cena, los invitados fueron al jardín y cada grupo volvió a encontrar su dominio. Bourgès se dirigió a su esposa, el conde tomó a la condesa por el brazo, Edmond murmuró al oído de una joven que lanzó una risa tonta como si tuviera miedo. Incluso Adrienne volvió a ser la señorita de la casa, con una sonrisa para cada uno, interpretando su papel con esa perfección que otorgan la educación y la costumbre.

Eiffel no se sorprende. Conoce a esta casta. En Dijon, siempre prefería ir a casa de los viejos aristócratas, la clase destronada que había conservado una cortesía heredada de tiempos antiguos. Los burgueses parecían tan deseosos de marcar su territorio que se volvían groseros, torpes, exageraban su desdén para que la gente olvidara que sus ancestros venían del fango.

Gustave sabía que su papel terminaba ahí. Después de todo, había cumplido con su misión: Bourgès suministraría más madera.

Solo estaba decepcionado de que Adrienne fuera tan inasible. Para ella, él ya no existía, había quedado reducido a su condición de proveedor.

«Una tonta, como todas las otras…», pensó, lanzando un gesto discreto a Bourgès desde la distancia.

Ocupado en discutir con la condesa, el anfitrión ni siquiera se molestó en acercarse a despedir a su «invitado sorpresa». Únicamente asintió y retomó su conversación. Esa fue su despedida al ingeniero.

Ofendido, Gustave dio media vuelta. Los invitados lo despreciaron de manera tan insistente que nadie advirtió la silueta que se alejaba hacia la salida del jardín.

Al llegar a la reja, escuchó unos pasos que corrían sobre la grava.

—¿Se marcha?

Adrienne jadeaba.

—Regreso a la obra.

Pareció sorprendida por el tono cortante. ¿Por qué esa hostilidad, así, de pronto? Ni siquiera se molestó en despedirse de ella. Molesta, respondió:

—Sí, claro, olvidé que hay gente que trabaja.

Dicho con tanto desdén, el comentario perdió su crueldad. Adrienne sobreactuaba su papel.

Cuando su mano tomó la de Eiffel, el ingeniero se estremeció.

—¿Vendrá a mi cumpleaños?

¡Gustave nunca se lo hubiera esperado! Tomado por sorpresa, respondió que no lo sabía.

—No se preocupe, no estará en terreno desconocido, habrá madera y metal.

Eiffel sofocó una risa nerviosa frente a lo incongruente del comentario.

—¿Las mesas y los cubiertos?

—Entre otros, sí.

—En ese caso, vendré.

La alegría de Adrienne no fue fingida.

—¿El próximo domingo a las cuatro de la tarde?

—¿Estará Edmond? —preguntó Gustave con una sonrisa sarcástica.

La joven tomó un aire evasivo.

—¿Edmond? No sé de quién habla…

Gustave sintió unas ganas tan violentas de darle un beso en la mejilla que tuvo que obligarse a cruzar la reja.

—Hasta el domingo, Adrienne.

Cuando daba vuelta, ella avanzó con paso enérgico y se plantó frente a él. Había perdido su ligereza y casi daba miedo.

—Yo estuve ahí, esta mañana.

Gustave no comprendía.

—¿Dónde?

—Pasaba por la ribera opuesta. Era a mí a quien su obrero silbó antes de caer al agua. Vi cómo salvó a ese hombre.

Luego, sin una palabra, volvió corriendo a reunirse con los invitados.

9

París, 1886

—Está listo, Restac me va a organizar un encuentro con Lockroy.

—¿Una entrevista? —pregunta Compagnon.

—Mejor: una cena. Mañana por la noche…

El socio apenas puede ocultar su emoción.

—Tranquilo, Jean. Estás haciendo temblar la mesa…

Eiffel ni siquiera levanta la cabeza. Como siempre, firma una página tras otra, validando facturas, pedidos, entregas, planos, registros. Incluso acelera la cadencia para deshacerse del suplicio.

—Con calma, Gustave. Tu firma se vuelve ilegible.

Al rubricar la última hoja, el arquitecto se echa hacia atrás como si lo golpeara una ráfaga de viento. Compagnon mira su rostro: marcado, inmóvil, con los ojos inyectados de sangre.

—Este día es el que ha sido ilegible desde la mañana…

Luego moja su pañuelo en un vaso de agua y se frota las sienes. Compagnon rara vez lo ha visto en este estado.

—¿Celebraste un poco de más tu reencuentro con Restac? ¿Terminó tarde la fiesta?

—¿La fiesta? ¡La noche, dirás! Pero ya no tengo veinte

años. El acceso a las tabernas debería estar prohibido para los viejos como yo. A los 54 años, ya no tengo edad…

Jean ríe de buena gana, pero los rasgos de su socio parecen un pergamino.

Al ver pasar a uno de los últimos en integrarse a la empresa —un joven apuesto, aunque torpe, que siempre ronda cerca de su oficina—, Eiffel le hace una seña para que se acerque.

—¡Tú, el nuevo! ¡Ve a buscarme un poco de bicarbonato!

«El nuevo» se pone escarlata y murmura:

—Por supuesto, señor Eiffel. —Y se dirige a la farmacia del edificio.

En el mismo momento, Claire entra en la habitación y se sienta frente a su padre.

—Papá, quisiera hablar contigo…

Su padre, a quien el más mínimo movimiento le aviva la migraña, murmura apático:

—Sí, ya entendí, te quieres casar…

Aliviada, Claire hace un guiño a Compagnon, quien también está sentado. Eiffel no se da cuenta de nada; está demasiado ocupado en masajearse el cráneo, con los párpados cerrados y gruñendo como un felino viejo.

—Casarse… Ni siquiera sabemos con quién, por cierto…

Cuando vuelve a abrir los ojos, retrocede. «El nuevo» está frente a él, y lleva una bandeja con un vaso de metal y una jarra. Al ingeniero le parece que su aspecto es el de todo un mesero. El otro se siente cada vez más incómodo, porque el instante se alarga en un silencio pesado.

—¿Quién es el afortunado, Claire? —acaba por insistir.

—Adolphe.

Claire responde con tanta obviedad que Eiffel está perdido.

—¿Adolphe? No conozco a ningún Adolphe...

Compagnon sofoca una carcajada porque el nuevo no se ha movido y sigue fijo en su posición.

—Adolphe Salles —responde Claire, al tiempo que chasca los dedos frente al rostro de su padre, como para sacarlo de la hipnosis.

Gustave pasa de la apatía a la exasperación.

—No sé quién es Adolphe Salles. No es un apellido fácil: madame Salles...

Ahora, Compagnon debe morderse la lengua. Sobre todo porque Gustave dice *madame Salles* en todos los tonos, con una voz de falsete.

—Basta, papá...

Eiffel conoce a su hija. A pesar de su dulzura, puede convertirse en una tigresa. Sin embargo, no es a ella a quien observa sino al desdichado nuevo de rostro carmesí, que no pierde la postura.

Eiffel advierte su presencia, toma el vaso de metal con bicarbonato y lo vacía de un trago; después, señala al nuevo con un gesto de la cabeza.

—¿Por qué este se queda ahí?

—Es él, papá...

—¿Él qué?

Definitivamente, este día es muy complicado. Si todo el mundo se empeña en jugar a los acertijos, ¡Eiffel preferiría volver a la cama!

—Él —insiste Claire señalando al nuevo.

Eiffel levanta el rostro hacia su joven empleado.

—¿Quién es usted, para empezar?

—Adolphe.

—Ah, ¿usted también? Vaya, hoy todo el mundo se llama Adolphe...

La escena se vuelve absurda. Por fin, Eiffel comprende el malentendido.

—¿El nuevo? —pregunta examinando a Adolphe Salles—. ¿Te quieres casar con el nuevo? Pero... ¿por qué?

Esa pregunta tan sincera, tan inquietante, deja a todos sin palabras. Claire adopta el tono maternal que siempre le funciona con su padre.

—Papá, si te hubiera dicho que estaba enamorada de alguien, tú lo habrías contratado para probarlo, ¿o no?

—Es evidente —afirma Compagnon.

—Pues bien, verás, así ganamos tiempo. Adolphe trabaja para ti desde hace siete meses...

Gustave Eiffel está atónito.

—Pero si es demoniaca...

Al escuchar esta observación, Adolphe no puede ocultar una sonrisa y Gustave le da un empujón que hace temblar la charola.

—Se va a casar con el diablo, ¿lo sabe?

Después de una pausa, como si nadie se atreviera, todos estallan en carcajadas. ¿Quién es en realidad Adolphe? ¿De dónde viene? ¿Qué hacen sus padres? Sobre todo, ¿será buen esposo? Eiffel tendrá tiempo de conocerlo mejor. Porque cuando Claire quiere algo *realmente*, a él no le queda más que aceptarlo: en eso, ella es de verdad la hija de su padre. De pronto, el ingeniero aplaude.

—A ver, nuevo... yerno... en fin, como quiera, ¿sabe dónde está el coñac?

—Sí, patrón...

—¡Y aparte me llama *patrón*! Bien, vaya a buscarlo y traiga tres vasos, habrá que brindar, ¿no?

Claire se acerca a su padre y lo abraza con fuerza, plantando en sus mejillas unos besos infantiles.

—¡Me está ahogando! Hoy me habrán hecho de todo. Pero tengo que estar presentable mañana en la noche, en el ministerio.

Luego, con la mirada vidriosa, repite como si fuera una rima:

—Madame Salles… Claire Salles… Sí que es feo…

10

Burdeos, 1859

Gustave se tardó en encontrar el invernadero. Estaba al otro lado del parque, más allá del huerto, al borde de un pequeño bosque que parecía extrañamente profundo, como el principio de una selva. Alrededor de cincuenta jóvenes reían, bailaban, se alejaban para murmurar secretos, bebían copas de champaña, devoraban los pastelillos que los mayordomos llevaban en bandejas. Todo eso al sonido de un piano que habían puesto en medio del jardín. Claramente, la mayoría de los invitados ya había llegado, y Gustave se reprochó no haber sido puntual.

—¡Eiffel! —exclamó Adrienne, con confianza y jadeante por el baile, mientras daba unos pasos hacia él.

Algunos invitados voltearon a ver, sorprendidos por no conocer ese rostro, pero rápidamente retomaron su conversación.

La joven tomó una copa en su camino y se la ofreció a Gustave.

—Lo esperaba más temprano, señor ingeniero.

Eiffel hizo una mueca. No conocía los códigos de ese mundo. Adrienne advirtió su desconcierto y lo tranquilizó.

—Bromeaba, Gustave. Es una fiesta. Todo el mundo es libre.

—Libre de trabajar —respondió, fastidiado de inmediato por su propia rigidez—. Pasé por la obra antes de venir aquí.

Adrienne estaba sinceramente sorprendida.

—¿En domingo?

—Sin duda había un ahogado a quien salvar —dijo una voz que se acercaba.

Gustave reconoció a Edmond, quien tenía una venganza pendiente. Quizá podría lograrla, sobre todo porque Adrienne lanzó una carcajada por la ocurrencia y tomó a un hombre en cada brazo.

—Gustave, Edmond, hoy es la tregua de los reposteros —dijo llevándolos hasta el suntuoso bufet.

Pocas veces Eiffel había visto tal profusión de dulces, especialmente porque nadie los tocaba, como si esos alimentos estuvieran de decoración.

A lo lejos, vio a Bourgès que hablaba en el jardín con una pareja de ancianos. El gran burgués vio por un instante a «su» ingeniero, entrecerró los ojos para identificarlo y, al no lograrlo, se encogió de hombros y continuó con su conversación.

Esta mala memoria le convenía a Gustave: solo había venido por Adrienne.

De pronto, la música se detuvo y todos se pusieron atentos. Cuando la pianista arremetió con una energía diabólica el cancán de *Orfeo en los infiernos*, pareció que la fiesta entró en un ataque de locura. Adrienne tomó a Eiffel por la manga y lo jaló tan fuerte que casi se baña de champaña.

—¡Ven!

Ese tuteo lo emocionó.

Unos quince jóvenes corrían alrededor de un círculo de sillas vacías. Gustave reconoció el juego de las sillas, aquel que había jugado en su infancia. ¡Pero no sabía que los adultos tuvieran ese tipo de ocupaciones! Sin desviar la mirada de Adrienne, entró en la ronda; estaban tan cerca que casi se tocaban.

Cuando la música se detuvo, todos se abalanzaron sobre las sillas. Gustave se encontró apoyado contra Adrienne, quien reía a carcajadas. Solo un joven estaba de pie, avergonzado y ofendido.

—¡Perdiste! —gritó Adrienne antes que todos se levantaran y quitaran una silla.

¿Cuánto tiempo duró el juego? Gustave se dejó llevar, prefiriendo abandonarse a ese entorno pueril y alegre. Hacía tantos años que no experimentaba tal ligereza. En otro momento, se hubiera marchado. Pero Adrienne estaba ahí. Ella era el alma de este día y parecía un hada dando vida a los personajes que tocaba con su varita. Todos esos jóvenes engalanados, deslumbrantes, ¿no eran autómatas, figuras de cera a la imagen de ese Edmond que no había dejado de espiar con envidia a Gustave? Adrienne tenía a su cortejo como otras tenían a sus muñecas: una corte que ella animaba con una mirada, con una carcajada. Y Gustave ya estaba preparado para aceptar las extrañas reglas de un mundo que no era el suyo y al que iba descubriendo por la entrada de servicio. Pero ¿no es así como todo se lleva a cabo? Un día subes de rango; no importa cómo lo logres, puesto que desde arriba el paisaje es tan bello que olvidas los sufrimientos del ascenso. Eiffel no tomaba en cuenta estas consideraciones; daba vueltas, bailaba, corría, ponía todo su empeño para permanecer cerca de Adrienne en todo momento. Cuando ella se lanzaba sobre una silla, él elegía el asiento de junto; cuando ella tropezaba, él la sostenía; si ella perdía un objeto, un pañuelo, un lazo, él lograba atraparlo sin dejar de participar en el juego.

Cada gesto se convertía en una caricia. Como si esta carrera un poco ridícula fuera la puerta que se abría hacia un jardín mucho más perfumado, mucho más misterioso que ese gran parque burgués. Incluso le parecía ser el único invitado de este cumpleaños, como si Adrienne solo lo viera a él. Los ojos felinos, la piel tan suave que él rozaba entre los trompicones del juego; esa sonrisa extraña, en ocasiones aterradora, que le recordaba a Medusa. Y también ese cuerpo joven, esbelto, coronado por esa cabellera de ébano que parecía la de un hada.

«O de una hechicera», pensó al tiempo que se abalanzaba sobre otra silla.

¿Desde cuándo no se había sentido tan fascinado por una joven? Eiffel había trabajado tanto, había luchado tanto. Le parecía volver a encontrar, en el transcurso de una fiesta, esa juventud que los estudios le habían robado. Y las noches de parranda con Restac no podían compararse con esta pureza etérea. De pronto, Adrienne se volvía incomparable. Ella se estaba convirtiendo en la única.

Cuando el grupo se hizo menos numeroso, todos se vieron obligados a lanzarse sobre la misma silla; Gustave sintió crecer su timidez y retrocedió de inmediato para dejar que Adrienne ganara.

—Empatamos, Gustave. Usted se queda…

De nuevo le hablaba de usted. ¿Era el fin del sueño?

Vencido, el ingeniero dio tres pasos hacia atrás y se inclinó, como un bailarín al final del vals. Durante un instante sus miradas se fijaron, como si ella le suplicara que no se alejara; después, ella se vio arrollada por el remolino. Su risa parecía aún más exquisita, su rostro más bello, su silueta más luminosa.

Offenbach continuaba su rondilla diabólica y Gustave se acercó al bufet, donde se encontró cara a cara con Bourgès. Mientras devoraba una tarta de limón que le embarraba los labios, el burgués reconoció al ingeniero.

—¡Vaya, Eiffel!

—Excelente fiesta.

—Me alegra verlo aquí. ¿Hoy no hubo competencia de natación?

¡El humor de esta gente!

—Los domingos voy de pesca —respondió al tiempo que tomaba una rebanada de la tarta y hacía un gesto como si lanzara el anzuelo.

Bourgès esbozó una leve sonrisa y se alejó murmurando:

—Diviértase, joven. Aproveche.

«Porque para mí, no va a durar...», completó Eiffel la frase, al ver la enorme figura que se reunía con otros invitados, en la parte del jardín reservada para los «padres». Madame Bourgès reconoció en ese momento al joven ingeniero. Sin apartar la mirada de él, debió de murmurar al oído de su esposo:

—¿Tú lo invitaste?

Bourgès de encogió de hombros y sin titubear respondió:

—De ningún modo. Otro capricho de Adrienne...

—¿Vainilla, pistache o chocolate?

Con la frente sudorosa (esos pequeños rizos empapados sobre la frente eran encantadores), Adrienne le extendió tres conos de helado.

—No, gracias —respondió, sintiendo aumentar su vergüenza.

—¿No le gusta el helado?

—No mucho…

Después de pasar una rápida mirada a la multitud,
Adrienne echó los conos en una cubeta de champaña y
contuvo una risita. Luego ella lo tomó del brazo.

—Un hombre al que no le gusta el helado… ¡Es que usted es muy serio!

—¿Eso le disgusta?

—Para nada —respondió, alejándolo de la mesa de bufet.

Gustave se detuvo un momento, pero Adrienne apretó
su brazo con más fuerza.

—¿Me tiene miedo?

Eiffel se forzó a sonreír, pero no pudo evitar examinar
a su alrededor. Algo le decía que no debía estar ahí; ese no
era ni su mundo ni su vida. Pero el rostro de Adrienne era
tan hermoso, tan suplicante.

—No, no tengo miedo —dijo al fin, y retomó el ritmo
de la joven—. Bien sabe que sé nadar.

Adrienne lanzó una carcajada. El hada había vuelto.

—Venga, caminemos un poco, aquí hace mucho calor.

11

París, 1886

Antoine de Restac se estremece, luego estornuda. El eco se hunde entre los árboles del parque, como cuando uno se pierde en el bosque. ¡No es momento de enfermarse! Hace ya veinte minutos que va de un lado a otro de la escalinata del Ministerio de Comercio. Movió miles de contactos para organizar esta cena a última hora, utilizó todas sus palancas tras bambalinas en la política parisina. Todo por respetar una promesa de borracho, que hizo después de tres litros de cerveza. ¡Uno nunca debería ser fiel a su juventud!

Una sombra vestida de traje y sombrero de copa surge de la penumbra.

Antoine reconoce a Gustave.

—¡Por fin llegas!

—Disculpa, pero los niños no querían acostarse...

La excusa enfurece a Restac, pero se siente demasiado aliviado como para guardarle rencor a su viejo camarada.

—Me das miedo, Gustave. El ministro ya salió de su casa. Está allá con su jefe de gabinete. Eso es bueno para nosotros. ¡Muy bueno!

Gustave sube los escalones de dos en dos y le estrecha la mano con entusiasmo.

—Bebimos mucho la otra noche…

—¿A quién se lo dices? —Ríe Restac—. Y esta noche, ¿estás nervioso?

—Nunca. ¿Tú?

El rostro de Antoine se ilumina.

—Es mi momento preferido: el que precede al encuentro.

—Entonces, ¡en marcha! —exclama Gustave, adelantándose por el pasillo del ministerio.

El salón es vasto, aunque embriagador; iluminado con velas, y decorado con muebles cálidos que se vuelven más ambarinos al contacto de la luz tenue de la gran chimenea.

Al verlos llegar, Édouard Lockroy se dirige hacia ellos, afable y bonachón. Su bigote blanco combina con su sonrisa. Apoya sus grandes manos sobre los hombros de Gustave.

—¡Eiffel! Por fin lo conozco.

—Señor ministro —responde Gustave, un poco tenso porque no esperaba esa familiaridad tan pronta. Especialmente cuando Lockroy le rodea los hombros con el brazo y adopta un tono de complicidad.

—El ministro de las Fuerzas Armadas me habló ayer de sus puentes desmontables de manera muy elogiosa. Son sumamente valiosos para ellos en Indochina, ¿lo sabía?

Gustave se dispone a responder, pero ya el ministro afloja el abrazo y se dirige hacia otro invitado que acaba de entrar al salón. Mundanidades…

Restac sigue la escena con mirada irónica.

—Bienvenido al secreto de los príncipes —murmura al oído de su amigo y lo toma del brazo—. Ven, voy a presentarte a todo el mundo.

Uno a uno, Eiffel intenta memorizar los nombres de todos esos señores idénticos, vestidos con los mismos tonos, engalanados con la misma barba, luciendo los mismos accesorios, acompañados por las mismas esposas, amargadas y maquilladas en exceso. Pero se trata de desempeñar su papel, y Gustave sabe hacerlo. Cuando Charles Bérard, el director del gabinete de Lockroy, le dice: «Ah, el mago del hierro», Eiffel inclina la cabeza con humildad.

En el mismo momento, advierte su reflejo en el gran espejo del salón y constata que él tiene el mismo aspecto, la misma silueta y la misma barba que los otros invitados. ¿De qué sirve destacar si todo se ahoga en un mimetismo mundano? Siempre se traiciona a la juventud…

—Y ella es mi mujer.

Eiffel está tan concentrado en el reflejo del espejo que ni siquiera voltea la cabeza. Frente sus ojos, en el cristal, aparece una silueta. Un fantasma. ¿Por qué esa noche? ¿Por qué ahora? El ingeniero necesita tener la mente clara. Pero el espectro está ahí, prisionero en el espejo, como esas fotografías falseadas que venden en los bulevares, donde los buenos burgueses están acompañados de pálidos ectoplasmas.

Gustave se obliga a apartarse de esa visión y se aferra al rostro de Restac para no tambalearse.

—¿Decías, Antoine?

—Quería presentarte a mi esposa, Adrienne.

En ese momento todo vuelve a oscilar, puesto que el espejismo cobra vida. La sombra salió del cristal y se encarnó frente a él. Una sombra que lo mira detenidamente con una vergüenza que solo Gustave puede advertir, al tiempo que él mismo lucha contra el estupor. Ambos permanecen uno frente a otro durante largo tiempo. Antoine de Restac está demasiado ocupado mirando alrededor de la habitación para ubicar a los más poderosos. Cualquier otra persona se hubiera asombrado por la extrañeza de la escena: en el corazón de la colmena, dos abejas se convirtieron en estatuas, como los habitantes de Pompeya, que quedaron solidificados en pleno movimiento.

Gustave Eiffel es incapaz de hablar; Adrienne de Restac también se queda muda. A ambos les tiemblan los labios, les brillan los ojos; tienen los músculos tensos, adoloridos. Finalmente, ella extiende la mano enguantada, que él toma con torpeza. Incluso la ve hacer una mueca, porque sus dedos estrujan los de ella, como cuando se estrecha la mano de un obrero.

—Señor ministro, ¡la cena está servida!

La voz del conserje los hace volver a la realidad. Gustave suelta la mano de Adrienne como si fuera un tizón ardiente y desvía la mirada con violencia. Se encuentra frente a frente con Lockroy, quien pasa un brazo bajo el suyo.

—Estoy encantado de tenerlo bajo mi techo, querido amigo. Espero que le gusten los camarones.

Adrienne de Restac sigue inmóvil.

Cuando su marido se acerca, debe sacudirla para sacarla del letargo.

—¿No tienes hambre?

—Sí, sí…

12

Burdeos, 1859

Adrienne y Gustave caminaron durante un buen rato, en silencio. Pronto, el sonido del piano se perdió bajo el canto de los pájaros, los ruidos del bosque, los murmullos de los helechos, las ráfagas del viento tibio que acariciaba a los árboles. Gustave se sentía mejor. Siempre había preferido las conversaciones a solas. Solo en el trabajo le gustaba la vida de grupo. Dirigir una obra, dar órdenes, decidir, elegir: eso sabía hacerlo. Pero cuando las cosas se volvían privadas, íntimas, Eiffel perdía sus destrezas y el pudor se apoderaba de él.

—Está muy callado.

—Yo podría reprocharle lo mismo.

—Yo soy una mujer, hablo con los silencios —respondió de manera enigmática—. No necesito palabras.

—¿Porque los hombres son incapaces de hacerlo?

Adrienne se detuvo, se apoyó contra el tronco de un gran pino y levantó el rostro hacia las ramas más altas.

—Mire a Edmond: ¿usted lo cree capaz de comprender la poesía de este lugar?

—Edmond no es un hombre, es un idiota.

Adrienne sonrió, pero frunció el ceño un instante, curiosa por ver hasta dónde llegaría la confianza de Gustave.

—Por fin habla sinceramente. ¿Y mi padre? ¿Le parece que mi padre es poético?

—No es poético —matizó Eiffel, cada vez menos seguro de sí mismo—, es rico.

Adrienne se tensó, una sombra atravesó su rostro y después recuperó la sonrisa. Gustave sintió una vaga inquietud, como si ese paseo por el bosque fuera una trampa. Pero cuando Adrienne recuperó la compostura, toda su angustia desapareció. ¡Qué mujer tan curiosa! Y qué día tan extraño…

—Tiene razón, el dinero ensucia todo… Si pudiera, con gusto prescindiría de él.

Gustave evitó hacer cualquier comentario que estuviera fuera de lugar o que pudiera malinterpretarse. No conocía a Adrienne lo suficiente y avanzaba a ciegas. Ahí estaban ambos, sentados al pie de un pino, hombro con hombro, sobre esa hierba musgosa que olía a primavera y a vida.

—Tome —dijo, sacando un paquete de su bolsillo interior.

Adrienne lo tomó, curiosa.

—Es cierto que es mi cumpleaños —exclamó jalando el lazo de seda.

Al descubrir un libro muy técnico sobre ingeniería, ella no pudo ocultar su sorpresa.

—¿Quizá hubiera preferido un abanico? ¿O un pañuelo?

Sin apartar la mirada del ejemplar, lo abrió y empezó a cortar las páginas unidas con la punta de un pasador que sacó de su cabello.

—Un pañuelo… —repitió Adrienne.

Palpó el libro durante mucho tiempo, como si fuera un estuche que no osamos abrir para descubrir las joyas.

Luego, leyó la primera página, con el ceño fruncido y un pliegue encantador en la comisura del labio, mientras tropezaba con nociones y términos técnicos.

Gustave estaba encantado. Era el momento que esperaba desde esa mañana, mientras se preparaba para esta fiesta en la que nadie lo esperaba, excepto por esta joven a quien había conocido en un almuerzo. Ahí, por fin, Adrienne era suya, para él. Verla esforzarse en ese capítulo, presenciar su intento de sumergirse en él con un afán de comulgante, valía todos los valses del mundo. Más que eso: era incluso más fuerte, más único que un beso. Porque solo les pertenecía a ellos, como esa luz que se filtraba entre las hojas, como ese pájaro que se había posado justo sobre ellos, en la primera rama del tronco, y cantaba al sol la alegría de haberlo encontrado.

—Me encanta su regalo —dijo al fin Adrienne, colocando el libro sobre la hierba, aturdida por esas palabras tan extrañas.

—¿En verdad?

—No se parece a ningún otro regalo. Como usted.

—¿Como yo?

—Sí. Usted es… distinto.

Fue como lanzarle una flecha directa al corazón.

Con un movimiento brusco y casi infantil, Adrienne se inclinó hacia él y besó su mejilla.

Gustave se paralizó. De pronto, el pájaro cantaba con más fuerza, los árboles ronroneaban, el viento se convirtió en una música tan armoniosa, tan dionisiaca como el cancán de Orfeo. Para Eiffel, todo era novedoso. Adrienne acababa de atraerlo hacia un mundo nuevo, como la mano de un ahogado que lo jalaba hacia el fondo del río. Pero no se trataba de ahogarse. Eiffel respiraba como nunca. Le parecía que el bosque entero entraba en sus pulmones.

Al considerar este gesto como natural, se inclinó sobre Adrienne y quiso devolverle el beso.

Un terror súbito cruzó el rostro de la joven. Pálida, se apartó de inmediato y se puso de pie, sacudiendo el polvo de su vestido.

—Me ofenderé ahora.

Gustave estaba deshecho, incapaz de hablar. Intentó mascullar una disculpa, justificarse por lo que él pensó que era natural. Pero ni una sola palabra cruzó sus labios.

Desamparado por la impotencia, no tenía más salida que la huida. Por eso corrió por el bosque, pensando que acabaría por encontrar la entrada. Lo importante era no volver a cruzar nunca más la mirada con esa mujer. ¡Jamás!

Adrienne también estaba apenada. Recobró el sentido al ver al ingeniero sumergirse en los helechos.

—¡Espere!

Eiffel no volteó y desapareció en dirección al sol.

—¡Adrienne! —exclamó una voz que provenía del invernadero.

—Aquí estoy —gritó después de dudar un momento.

—¡El pastel!

—¡Ya voy!

Frente a un pequeño charco al pie de un árbol, Adrienne examinó su peinado. Después, se obligó a esbozar una sonrisa encantadora. Finalmente, corrió para soplar las velas.

13

París, 1886

Lockroy no había mentido: sus camarones eran una delicia. El chef del ministerio estudió con Escoffier, en Lucerna, y era todo un maestro en la cocina.

De hecho, es divertido contemplar a este grupo de personas elegantes, tan bien vestidas, de modos tan presuntuosos, desmenuzando los crustáceos con ambas manos.

Los comensales no están menos apasionados por el debate del día: ¿qué monumento sería el ideal para glorificar a Francia en la siguiente Exposición Universal? 1889 no es un año anodino. Se celebra el centenario de la Revolución francesa, es decir, de la República. Una república tan maltratada en un siglo: abofeteada por la Restauración, dos imperios, guerras, un asedio, una amputación salvaje, tantas humillaciones. Por eso, esta República, la tercera de nombre, debe erigirse ensalzada, majestuosa, después de tanta vejación. Cual ídolo con pies de barro, necesita símbolos que clamen a la faz del mundo que ya no vacilará. Tricolor y luminosa, Francia es emblemática, y así permanecerá.

Bérard habla entonces sobre ese proyecto de la gran columna, pero Lockroy apenas lo cree.

—Una columna de granito, para ser sinceros, es triste. Ya tenemos la Bastilla y Vendôme.

Todos los comensales asienten frente a sus camarones.

—Hay que ir más lejos —continúa Lockroy, haciendo una seña al mayordomo para que le sirva más vino—. Hay que buscar lo desafiante, la extravagancia…

De nuevo, los comensales asienten, encantados de que les rellenen la copa.

Desde el inicio de la cena, Eiffel no ha abierto la boca. Inmóvil, con una sonrisa adusta, recorre la mesa con la mirada como si fuera un cuadro sin encanto. En ocasiones, Restac intenta llamar su atención, pero el ingeniero no lo ve. Su rostro solamente se anima cuando encuentra la mirada de Adrienne, quien está sentada al otro lado de la gran mesa. Sin embargo, Eiffel se esfuerza por no clavar su mirada en ella, aun cuando todo su ser quisiera conocer la más mínima inflexión de sus rasgos. Nadie debe advertir su desconcierto. ¡Nadie!

—¿Eiffel?

Gustave se sobresalta, como si lo hubieran descubierto.

—Gustave está con frecuencia en la luna —bromea Restac, incómodo—. A fuerza de construir en las alturas, siempre está en las nubes.

Nuevas risas ahogadas generales que aprecian el comentario. Solo Adrienne pone los ojos en blanco, irritada por tanta monotonía; fuera de Gustave, nadie lo nota.

—¿Señor ministro? —dice al fin Eiffel.

—Restac me dice que usted abunda de ideas sobre el tema…

A Eiffel le alegra esta distracción.

—Sin duda, Antoine le ha dicho que soy partidario de

construir una red de ferrocarril metropolitano, como en Londres o en Budapest.

De inmediato, la decepción se refleja en el rostro del ministro, quien toma a los comensales como testigos.

—¡Vamos!, el «metro» no hace soñar a nadie.

Nueva validación general en medio del ruido de los camarones.

—Después de la derrota de Sedan, lo que Francia necesita es algo tan fuerte como lo que usted hizo para los estadounidenses.

De manera muy cómica, el ministro extiende al brazo y esgrime su copa como una antorcha.

—La Estatua de la Libertad, ¡qué magnífico símbolo!

Gustave Eiffel expresa una modestia un poco forzada.

—Esa es obra de Bartholdi, señor ministro.

Lockroy coloca la copa sobre la mesa y, después de titubear un momento, vuelve a tomarla y la vacía de un trago. Su mirada es ahora un poco más burlona.

—Todo el mundo sabe que si esa estatua está en pie, es gracias a ti, Gustave —objeta Restac.

Hasta entonces limitada a hacer pequeños comentarios anodinos, la esposa de Lockroy, una cuadragenaria orgullosa de mirada coqueta, se dirige hacia madame Restac.

—Y usted, Adrienne, ¿qué piensa?

Eiffel se sobresalta. De nuevo, sus miradas se cruzan y Gustave tiene miedo. Va a escuchar su voz.

—Pienso como Édouard —responde Adrienne mirando fijamente a la esposa del ministro con sus grandes ojos de gata—. El metro es triste, invisible, subterráneo…

Después, girando lentamente hacia Eiffel, agrega con un tono cada vez más determinado:

—Hay que mirar más alto. Con más libertad. Con más *audacia*...

Esta última palabra es como un dardo que se planta en la memoria del ingeniero. Eiffel se vuelve frío. Sostiene la mirada de Adrienne con hostilidad. Ella se encoge de hombros, toma su copa con torpeza y bebe un sorbo.

—Olvídese del metro —interviene Lockroy—. Denos un monumento. Uno verdadero, hermoso, grande. Algo que constituya la venganza de Francia contra la Historia.

—¿La venganza, en verdad? —repite Eiffel mirando a Adrienne de nuevo—. ¿Cree que la venganza sea necesaria todavía, después de tantos años?

El comentario ofende al ministro.

—¿Está bromeando? Fue hace apenas quince años. A la escala de nuestro país milenario, es una gota de agua…

El silencio cae sobre la mesa como una bomba. Todos los comensales están incómodos porque no hay ningún escudo previsto en el menú. Nadie se atreve a romper el hielo por temor a ser criticado. Lockroy rumia bajo su bigote, preguntándose por qué Restac insistió tanto en invitar a este insolente.

Eiffel empieza a divertirse. ¡Por fin algo está sucediendo! Una pizca de emoción le retuerce el estómago, mientras Restac se muestra inquieto por el giro que está tomando la cena. Pero Gustave le ofrece una expresión tranquilizadora, como si dijera: «No te preocupes, sé lo que hago». Después, sonríe ligeramente a Adrienne y murmura, de forma casi inaudible, como un orador que busca captar la atención de su auditorio:

—Una torre…

—¿Perdón? —pregunta Lockroy.

—Una torre de trescientos metros.

El ministro recupera el color.

—¿Trescientos metros? Usted no pierde el tiempo. ¿De metal?

—Completamente de metal.

Restac está alarmado. ¿A qué juega Gustave? Pero Lockroy le sigue la corriente.

—Se está poniendo interesante, Eiffel.

El periodista pasa de inmediato de la alarma al entusiasmo.

—Se lo dije, Édouard. Gustave es un tipo asombroso…

—Lo veo —dice el ministro, y sumerge los labios en el vino—. ¿Y qué más, Eiffel?

—Tengo una condición —continúa el ingeniero.

El ministro lanza una carcajada.

—¡Siento que vamos a hablar de dinero!

Eiffel se encoge de hombros con desdén. Adrienne no se pierde una sola palabra de la conversación.

—Olvidamos Puteaux y los suburbios.

—¿A qué se refiere?

—Quiero que mi torre esté en pleno París. Quiero que todo el mundo pueda verla y disfrutarla. Tanto los obreros como los burgueses…

La frase fue formulada con tanta brusquedad que el ministro se puso tenso. Pero está cautivado por la pasión del ingeniero.

—Será un lugar para las grandes familias y las personas sencillas. Su modernidad consistirá en la abolición de la lucha de clases. Usted desea celebrar la Revolución francesa, ¿cierto?

Gustave se da cuenta de que durante todo su discurso no ha apartado la mirada de Adrienne, cuyos ojos están encendidos.

—Siempre y cuando no corte ninguna cabeza, ¡usted es mi hombre, Eiffel!

Los comensales aplauden y las copas de vino tintinean. Adrienne brilla con una sonrisa más ancha que el Sena.

* * *

Antoine de Restac está contento. Con ayuda del tinto de Borgoña, parece haber pasado todo el final de la cena riendo. Si bien había comenzado de manera agitada, está encantado con su desenlace. El ministro tiene un proyecto; Gustave, un trabajo; y él, el maquinador, el urdidor, el que manipula los hilos, jugó su papel de marionetista. Definitivamente, la vida parisina tiene su chispa.

—Eres muy impresionante, Gustave —dice al tiempo que ayuda a su esposa a ponerse el grueso abrigo.

Un sirviente les abre la puerta que da a la escalinata y una corriente helada les golpea el rostro. Esta frescura alivia a Adrienne, quien cierra los ojos y se deja acariciar por el frío. Gustave permanece rezagado, con intenciones de huir, pero no encuentra un momento para salir del salón de Lockroy.

—Vinimos a cenar por un metro y nos marchamos con una torre. ¡Eres como un mago!

Otro estallido de carcajadas, mientras que los tres caminan por el sendero de grava que conduce a la calle. La noche es fría y seca. Sobre ellos, los árboles desnudos se perfilan sobre la oscuridad, pesados como una amenaza. Algunas estrellas se abren paso, tímidas, y Gustave piensa que se verán mejor desde su torre.

Sale de su sopor gracias a una fuerte palmada que Antoine le da en la espalda. El ingeniero da un traspié.

—Eiffel siempre ha sido así —le dice a su mujer—. Impredecible. ¡Lo adoro!

Nerviosa, Adrienne se atreve a mirar a Eiffel; lo ha evitado desde el momento en que solo están los tres.

Los faroles de gas ofrecen al camino el resplandor de un vivario. Los edificios haussmanianos duermen desde hace tiempo. A lo lejos, un caballo relincha.

—¿Te llevamos, Gustave?

—Gracias, voy a caminar… —miente, pensando que le costará encontrar un taxi a esas horas.

Pero de ningún modo puede hacer el mal tercio durante más tiempo.

—Al menos déjame enseñarte mi automóvil. Es un prototipo de prueba. Ya verás, es espléndido…

Antes de que Eiffel pueda negarse, Antoine desaparece en la noche, canturreando «Centinela, no dispare. Es un ave que viene de Francia…».

Gustave temía este momento; había hecho todo por evitarlo. En fin, solo hay que esperar, no es más que un mal instante que debe soportar.

¿Adrienne pensará lo mismo? Eiffel no quiere comprobarlo. Huye de ella como de Medusa. ¡Sobre todo, no debe voltear! Debe enfocarse en ese punto del cielo nocturno, allá, más allá de los Inválidos.

—Mírame…

La voz rompe el silencio. Gustave permanece inmóvil. Sin embargo, era de esperarse.

—Mírame —insiste ella acercándose.

Siente su presencia a la izquierda. A pesar de la noche, del frío, cree que acaba de estallar un incendio. ¡Es asfixiante! Y cuando la mano de Adrienne se posa sobre su hombro, la quemadura es intolerable. Sin embargo, logra retroceder suavemente, como si diera un paso hacia un costado.

Hablar le exige un esfuerzo considerable.

—En verdad esperaba no verla nunca más.

Adrienne recibe la frase como una bala, pero permanece impasible. Incluso finge una desenvoltura mundana, altanera, y retoma la pose, inmóvil frente a la noche.

Cuando al fin llega el automóvil, ella suspira de alivio.

Antoine salta con orgullo del extraño artefacto, que se sacude y hace un ruido del demonio. Después, se sorprende:

—Y bien, ¿dónde está?

Adrienne recobra la conciencia y mira a su alrededor: Eiffel ha desaparecido.

14

Burdeos, 1859

Había sido un día muy largo. En la obra el ambiente estaba tenso porque un trabajador se había enfrentado a Pauwels por un asunto con unos bonos. Incluso llegaron a los golpes, y Gustave tuvo que separarlos.

—Usted defiende a sus hombres, pero sabemos dónde están sus lealtades, Eiffel… —masculló Pauwels, jalándose las mangas como si quisiera plancharlas.

Le ofendió que el ingeniero fuera en persona a presentar quejas a su proveedor de madera, y se había sentido aún más humillado cuando Bourgès cumplió y le aconsejó a Pauwels que asegurara los andamiajes, sin agotar sus elogios para el joven. Desde entonces, desconfiaba de Gustave como si fuera un espía.

A Eiffel no le importaba. Todo eso era trivial. Sin embargo, Pauwels se hubiera burlado de haber visto al joven cruzar los arbustos, desgarrar su vestimenta, escalar un muro y atravesar un campo, con su hermoso atuendo enlodado, por evitar la mirada de una mujer a quien no supo comprender. Desde la fiesta de cumpleaños, el ingeniero pensaba en su obra, en las vigas, en la seguridad de sus obreros, y en ninguna otra cosa… Mucho menos en Adrienne Bourgès…

A veces llegaba a dormir en la pequeña cabaña, al borde del río, que le servía de oficina y donde guardaba sus planos e instrumentos de medición. La vista era más hermosa que la de su buhardilla en el centro de Burdeos. Al menos ahí tenía la calma del agua, y ese encantador pontón de madera que se extendía hacia la otra orilla, donde podía sentarse con las piernas al vacío para observar el reflejo de la luna sobre el Garona.

De hecho, acababa de aparecer. Durante algunos días, el cielo había estado nublado. Pero esa noche, el astro redondo y blanco brillaba en el horizonte y escalaba el cielo, como un globo aerostático de yeso. Gustave la miró un momento, como si diera las buenas noches a un ser querido antes de irse a acostar; después caminó hasta la cabaña de madera. De pronto, hizo tanto frío que se estremeció y cruzó los brazos.

—Buenas noches…

Eiffel se sobresaltó.

Esa voz. Esos ojos cuyo halo felino aumentaba bajo la luz de la luna.

—Buenas noches —respondió fingiendo indiferencia.

Ella estaba de pie frente a la puerta, envuelta en una bufanda.

—Tiene frío —continuó, al tiempo que abría la puerta con un enorme manojo de llaves—. Pase…

* * *

Adrienne observaba el entorno como si buscara un indicio, una clave. No era más que un lugar de trabajo, pero advirtió un montón de ropa, una brocha y una navaja de afeitar, un peine y un colchón donde descansaban tres cobertores mal doblados. Eiffel se sintió desnudo, sencillamente avergonzado. Entre uno y otro objeto, ella lo observaba.

Hubiera podido mencionar que tenía un departamento en la ciudad, pero ¿de qué serviría?

El ingeniero colocó sus cosas sobre la gran mesa, que ya estaba cubierta de diseños, planos y reglas, y señaló la única silla a su invitada.

—Gracias —dijo ella, meneando los rizos de su cabello—, no estoy cansada.

Avanzó hacia la mesa y se inclinó sobre los planos de la pasarela. La luz era tan tenue —un sencillo quinqué que Gustave acababa de encender— que casi tuvo que acostarse sobre las grandes hojas; un movimiento que la penumbra hacía ambiguo. Gustave estaba ahí, justo detrás de esa joven cuya silueta se le ofrecía, casi indecente, a un paso de él.

—¿Sabe?, leí su libro —dijo ella sin voltear.

—Ah, ¿sí?

—No entendí todo, pero lo leí…

Eiffel tenía que controlarse, no extender el brazo, la mano, a pesar de que ahí… justo ahí…

—Había un dibujo de este tipo —agregó, pasando los dedos sobre el boceto de una columna—. Ah, reconozco esta columna, ¿para qué sirve?

Adrienne se enderezó con una extraña gracia. Al voltear, la habitación estaba más iluminada.

—Adrienne, ¿por qué está aquí?

Adrienne colocó las palmas sobre el borde de la mesa y se recargó, arqueando la espalda en una posición aún más provocadora. Sin embargo, su rostro decía lo contrario: parecía tímida y perdida.

—El otro día… en mi cumpleaños…

Eiffel retrocedió, pero no apartó la mirada.

—Lo siento —respondió con brusquedad—, fue un malentendido…

—¡Al contrario! —exclamó con un chillido—. Bueno, no, fui yo. Quiero decir que yo lo siento, que le ofrezco disculpas…

A Gustave no le gustaba verla tan torpe. La prefería impávida, indiferente, inaccesible. De pronto, parecía una niña pequeña.

—En ese caso, Adrienne, no se trata de pedir perdón. Ambos lo sentimos. Ambos nos equivocamos.

A la joven le lastimaba su dureza. No había atravesado la ciudad de noche, como una fugitiva, para que la recibiera con tanta frialdad. ¿Se lo merecía?

—Se está burlando de mí —murmuró con labios temblorosos, mientras que en sus ojos se asomaban unas lágrimas.

Eiffel debió sentirse conmovido, pero sabía que la joven era una actriz. Sin embargo, ella estaba ahí, frente a él, conteniendo las lágrimas.

—No —reconoció con un suspiro—, no me burlo. Usted es… —parecía buscar las palabras—. Usted es encantadora.

Fue como si la abofeteara.

—«Encantadora» —repitió ella.

Gustave comprendió que acababa de herirla y se esforzó por asumir un tono tranquilizador.

—Adrienne, no nos conocemos. Solo nos hemos visto tres veces…

—¡Solo fue necesaria la primera!

Frente a ese clamor del corazón, Eiffel sintió que sus reservas caían una a una. Ella avanzó hasta quedar frente a él, como si desafiara su indiferencia. Pero ya no jugaba a ser la seductora aficionada. Era la verdadera Adrienne Bourgès la que estaba frente a él. La fiesta había terminado, la improvisación también. La joven estaba en casa de él, por él.

Pero era demasiado. Nada de esto servía para nada. A pesar de la desconcertante belleza de esta joven, a quien hubiera podido cosechar como el más hermoso de los frutos, ya no tenía edad para jugar a las escondidas.

Reuniendo el valor necesario, logró retroceder y, con un gesto trivial, empezó a arreglar un pequeño armario que estaba al otro lado de la habitación.

—Habrá otro cumpleaños, Adrienne. La misma música, los mismos conos de helado. Y un hombre que habrá dado la vuelta al mundo en globo aerostático. Él también será «diferente». Usted lo invitará, habrá juegos. Usted será… quien es…

—¿Eso qué significa? —preguntó Adrienne a su espalda.

Considerando que era muy cobarde no darle la cara, Gustave dio media vuelta.

—Una encantadora niña mimada.

Adrienne se puso lívida. Estaba rígida como una estatua, como si su cuerpo careciera de vida. Solo sus ojos brillaban, inundados de lágrimas.

—¿Eso es lo que piensa de mí?

Gustave se sentía desamparado. No había querido que nada de esto sucediera. Ahí, en ese preciso instante, hubiera deseado tomarla en sus brazos, acariciar su cabello, tranquilizarla, decirle que todo estaría bien. Pero sabía que era inútil.

—No tengo ganas de jugar —agregó con el más profundo pesar, pero sin querer decir ni una sola de sus palabras. Hablaba su conciencia, no su corazón.

Adrienne recibió este nuevo disparo sin protestar. Solamente se estremeció antes de avanzar hacia la puerta. Le tomó menos de un segundo desaparecer en la noche, que se había vuelto más densa con el paso de una nube.

—Idiota —murmuró Eiffel cerrando los puños con fuerza.

Al escuchar el crujido de la madera, Gustave se estremeció.

—Adrienne, ¿adónde va?

No hubo respuesta, excepto por el sonido de un mal paso que provenía de la ribera.

«¡Dios mío, el pontón!», pensó, al tiempo que se abalanzaba al exterior.

—¿Adrienne? ¿Qué está haciendo?

—Estoy jugando… —respondió una voz ahogada.

En ese momento, la luna brilló entre las nubes.

Entonces la vio.

Fue como una aparición. Uno de esos cuadros oníricos que a los alemanes les encantan.

Adrienne parecía elevarse frente a él, allá abajo, al extremo del pontón: los brazos extendidos, la mirada ardiente, una extraña sonrisa fatalista, resignada. Y esa sensación de fuerza, de libertad insolente que se desprendía de su risa.

La caída fue lenta, desglosada.

El cuerpo que cae hacia atrás, tan ligero como una pluma. La mirada que no se aparta de la de Eiffel, a pesar de la noche. Y después, el agua que parece abrirse para ella, acogedora, suave, deliciosamente caníbal.

15

París, 1886

Ver a Adrienne otra vez. Es todo en lo que piensa Eiffel. Desde hace semanas...

Desde el momento en que levanta la nariz de sus planos, cuando abandona los bocetos de esa famosa torre de trescientos metros que se comprometió a edificar, ¡casi por fanfarronada!, su silueta sale a la superficie. Su sonrisa inmensa, sus ojos de gata, y esa arrogancia alegre, irónica y despectiva. ¿Qué fue de su vida todos estos años? ¿En qué se convirtió? ¿Qué pasó? ¿Cómo conoció a Restac? ¿Por qué extravagante casualidad se encontraron y después se casaron? Gustave no quiere saber. Le gustaría no cruzarse con ella nunca más, empujar los recuerdos hasta lo más profundo de su memoria. Que su nombre, hasta la primera letra, quede desterrado de su conciencia.

Sin embargo...

Sin embargo, ronda con frecuencia por el parque Monceau, al que siempre fingió despreciar.

—Es un zoológico para ricachones —le gusta repetir.

Prefiere los ambientes populares que se pueden encontrar en Montsouris o en Buttes-Chaumont.

Plaine-Monceau es un barrio demasiado ostentoso, que

vomita dinero, y Gustave desconfía de él. En ese sentido, es bastante hipócrita: sus padres no lo educaron en la ruina. En Dijon, eran auténticos pequeñoburgueses, y desde entonces vive con una comodidad que nada tiene que envidiar a esas familias que pasean por los senderos del parque. Esas institutrices inglesas le recuerdan a aquellas que empujaban la carriola de Claire, de Eglantine, de Albert… Esas parejas elegantes y un poco rígidas son tan parecidas al joven matrimonio Eiffel, cuando paseaban juntos del brazo. El simple recuerdo de Marguerite le hace un nudo en la garganta a Gustave. Si aún estuviera ahí, ella lo hubiera protegido. Le hubiera recordado sus deberes, sus principios. Por desgracia, desde entonces siente que no tiene apoyo. ¿Con quién puede hablar? Compagnon no comprendería. Claire es demasiado joven. ¿Quizá con Restac? ¡Sería el mundo al revés! Y he ahí el «poeta del metal», que viene a merodear bajo los árboles, que se sienta en los bancos con el corazón latiendo fuertemente, como el peregrino que espera vislumbrar un milagro.

Su casa está ahí, frente a él. Una de esas magníficas mansiones que rodean el parque Monceau. Eiffel sabía que Restac tenía recursos, ¡pero de ahí a vivir en el barrio más distinguido de la capital! Estaba consciente de que la pareja no vivía en un departamento sencillo. En las tres semanas que lleva acudiendo a este lugar, los ha visto pasar varias veces detrás de los cristales, desde la planta baja hasta el piso de los sirvientes. En ocasiones, Antoine abre una ventana y contempla la vista. Otras, es ella quien se apoya contra el vidrio y cierra las cortinas, con esos gestos elegantes y esos ademanes extrañamente desenvueltos.

—¿Estaré hechizado?

Gustave habla en voz alta y una señora pequeña, sentada en la banca a su lado y ocupada en dar migajas a las palomas, lo mira con sorpresa.

Una sombra se detiene frente a él.

—¡Amigo mío! ¿Qué haces en este barrio?

Gustave se estremece: era de esperarse. Por jugar a los espías, cayó en su propia trampa. La sorpresa de Restac es alegre y sincera.

—No nos vemos durante treinta años y ahora estás por todas partes…

—Yo… me la paso encerrado todo el tiempo. Me hace bien caminar un poco.

Avergonzado, Gustave se levanta y le extiende la mano a su viejo compañero. Pero Restac lo toma por los hombros y lo abraza con entusiasmo.

—¿Sabes que vivo justo aquí? —pregunta, señalando la mansión que Gustave espía desde hace ya tres semanas.

Todo le parece lamentable. Eiffel se siente infantil. Hubiera sido tan fácil tomar al toro por los cuernos, enviar una tarjeta, una invitación. No había vuelto a ver a Restac desde la cena en casa de Lockroy, y el periodista no escatimó esfuerzos para que se hablara del «proyecto Eiffel» en la prensa. Es muy simple, esta «torre de trescientos metros» le apasiona mucho más al público que las huelgas en Decazeville o las declaraciones de Boulanger, el nuevo ministro de Guerra.

—¿Ya viste cómo nuestra pequeña conspiración rinde sus frutos? —pregunta el columnista al tiempo que da otra palmada en la espalda de Gustave.

—No olvides que yo trabajo muy duro —replica Eiffel, avergonzado—. Lockroy tendrá su torre.

—Confío en ti, mi Gustave. De hecho, ya que estás aquí, vamos a celebrarlo. ¿Vienes a mi casa a tomar una copa?

Eiffel está demasiado sorprendido como para atreverse a decir que no.

* * *

Gustave está tenso. Su razón le grita que no siga a Antoine, que no entre en esa casa, que no le deje su abrigo al mayordomo negro que se inclina frente a él. Es inútil… el instinto es más fuerte y se deja llevar. Solo se esfuerza en no mostrar su turbación, finge interesarse en las palabras de su amigo, quien se disculpa con falsa modestia por ciertos elementos de la decoración.

—Esto debe de parecerte conformista y burgués, pero debo decir que aquí estamos muy bien —comenta al tiempo que abre la puerta hacia un gran salón.

Extraña impresión al pasar al otro lado del cristal. Desde hace semanas se ha familiarizado con esta habitación, desde otro ángulo. Reconoce esta planta, donde descubre la maceta. Identifica ese fresco oriental, del cual solo veía un fragmento (el torso de la bailarina egipcia) desde el jardín. También advierte la banquita que él tantas veces ocupó. La anciana de las palomas no se ha movido.

—Debo decir que la vista es magnífica —murmura Antoine abriendo la ventana—. Eso es lo que sedujo a Adrienne…

Gustave se tensa. El sudor resbala por su nuca.

—Ella… ¿está aquí?

—¿Adrienne? —pregunta Antoine al tiempo que abre una botella de coñac—. No, salió. Los miércoles suele ir a los museos, con sus amigas.

Gustave no sabe si se siente aliviado o decepcionado; sin duda, ambos.

—¡Por tu torre, Gustave! —exclama Antoine levantando su copa.

—Que Dios te oiga. —Ríe Eiffel, invadido por una extraña ebriedad.

Restac se deja caer sobre un sofá.

—¿Sabes que Adrienne te admira mucho?

—Ah, ¿sí? —Eiffel se estremece; comienza a preguntarse si su amigo está jugando con él. El ingeniero se siente obligado a precisar que él no la conoce.

—Lo sé, pero leyó uno de tus libros. Algo muy técnico.

—¿Lo compró después de nuestra cena?

—En lo absoluto. Lleva ya años en su biblioteca.

El corazón de Gustave da un brinco.

—Adrienne es una mujer sorprendente —continúa Restac sin advertir nada—. Todo le interesa. Hubiera podido hacer cualquier cosa, si no hubiera…

Antoine se interrumpe cuando un timbre suena en la entrada. El mayordomo entra al salón.

—La cita del señor…

Antoine se golpea la frente con la palma de la mano.

—¡Qué idiota! Lo olvidé por completo.

Se levanta y se acerca a Eiffel.

—Me da mucha pena, pero no me queda más remedio que recibir a este inoportuno. Me espera en mi despacho, en el primer piso. ¿No te molesta?

Gustave siente que el alivio lo inunda.

—Yo también me voy.

—Tómate tu tiempo, amigo —dice Antoine, empujando a Gustave, quien vuelve a sentarse en el gran sofá—.

Vete cuando quieras, sírvete más coñac, descansa un poco. Me encantaría decirte que nos esperaras, mas Adrienne irá directamente a la cena, donde yo la voy a alcanzar. Pero quédate, estás en tu casa.

Al escuchar estas palabras, Eiffel gira la cabeza hacia un pequeño medallón que está sobre la mesita junto al sofá. Dos ojos de gata lo miran fijamente; Adrienne le sonríe.

16

Burdeos, 1859

Eiffel creía revivir la escena del accidente casi de manera exacta. El agua que lo rodea como una coraza, la violencia del frío, los latidos del corazón que le taladran los tímpanos. La única diferencia es que es de noche.

Sus brazos hurgaban en la oscuridad, escarbaban en el vacío en busca de Adrienne, cuya sombra blanca apenas se percibía.

¿Cómo la encontró? ¿Gracias a qué milagro sujetó el brazo de la joven? ¿De dónde sacó la fuerza para extraer ese cuerpo que las enaguas lastraban? Eiffel no sabría decirlo, porque no tuvo tiempo de pensar. El instinto de supervivencia arrasó todo a su paso: solo importaba el aire que invadió sus pulmones cuando salió a la superficie.

Adrienne dejó escapar un grito aterrador. Un alarido ronco, que desgarró la noche. Eiffel recordó el grito de la vecina, en Dijon, que había dado a luz una noche de verano, con todas las ventanas abiertas.

Pero la joven se aflojó casi de inmediato, desfalleció como un costal de ropa húmeda en los brazos de su salvador.

Cuando la arrastró hacia la orilla lodosa que, a la luz de la luna, se transformaba en una playa de arena fina, ella comenzó a llorar. Sollozos sin lágrimas, tan secos como un desierto.

—¡Está completamente loca! ¿Quiere morir? ¿Que los dos nos ahoguemos? ¿Es ese su nuevo juego?

A Gustave lo inundó una ola de sentimientos: la cólera, el miedo, una extraña resignación y una impresión, dulce y dolorosa, de que Adrienne era la más fuerte.

—Lo siento, lo siento —terminó jadeando con una voz debilitada, acurrucándose sobre ella misma, y sacudida por espasmos.

Gustave tomó un pedazo de tela que estaba sobre el suelo y cubrió a Adrienne. Después, le ayudó a levantarse.

—Venga…

Pero Adrienne no podía moverse; parecía estar paralizada.

También febril, Gustave logró tomarla en sus brazos.

Cuando atravesaron el umbral, pensó que Adrienne era muy ligera.

Un minuto más tarde, el fuego tronaba en la chimenea. Gustave lo había llenado con todo lo que estaba desparramado en el cuarto: pedazos de tela, virutas de madera, planos obsoletos. Lo importante era que Adrienne volviera a cobrar vida.

En cuclillas frente a la chimenea, ella miraba la flama sin parpadear. Gustave acababa de poner sobre sus hombros una cobija más agradable que la tela de la ribera, y ella sentía cómo su cuerpo recuperaba el calor.

—¿Está mejor? —preguntó él, aliviado.

Con una sonrisa culpable, asintió. Después se retorció un poco.

Gustave comprendió que, sin quitarse la cobija, se estaba quitando la ropa empapada. Con verdadera habilidad, sin mostrar nada de su cuerpo, la colgó frente a la chimenea. Luego retomó su posición, cada vez más relajada, como si al fin pudiera respirar.

—Ven —dijo volteando hacia Eiffel, quien sintió que su timidez y su deseo volvían a crecer.

Se agachó junto a Adrienne, en el suelo de la cabaña, y pasó el brazo sobre los hombros de ella. De manera muy natural, la mujer recargó la cabeza sobre él y Gustave sintió que su cabello mojado le acariciaba la mejilla.

Era agradable, la chimenea estaba ahí, frente a ellos, cómplice. Afuera, la luna había desaparecido de nuevo, como si quisiera devolverlos a la noche.

Cuando la cobija se resbaló, ambos se estremecieron. A la débil luz del fuego, Adrienne era el más bello de los fantasmas. Más bella de lo que jamás hubiera imaginado. Gustave comprendió que, de nuevo, ella acababa de ganar la partida.

17

París, 1886

En Établissements Eiffel hay un gran alboroto. Proponer la idea de una torre de trescientos metros está muy bien, pero hay mucho que hacer.

—Creía que Lockroy había dado su autorización —se asombra Compagnon, al ver que su socio pasa noches enteras revisando los planos de esa obra, afinándolos, poniéndoles más gracia, más poesía.

—El ministro está de acuerdo en que haga la propuesta, y es evidente que soy su favorito… Sin embargo, tengo que defender la idea frente al Consejo de París… Incluso habrá un concurso con otros proyectos…

Jean no lo puede creer.

—¿Un concurso? Yo creía que tú te negabas a participar en concursos…

Eiffel alza uno de los bocetos y lo esgrime frente a él.

—Ciertos proyectos bien merecen algunos sacrificios —responde—. Además, Restac se encarga de entusiasmar a la prensa. Te digo, no será un concurso, será una votación.

Jean Compagnon está sorprendido por la seguridad del ingeniero. Si bien Gustave siempre duda, siempre se cuestiona, con esta torre se lanza con una rabia frenética, como poseído.

Ambos casi han olvidado que el proyecto aún no le pertenece a Établissements Eiffel, y que hay que hacer las cosas de cierta forma.

Nouguier y Koechlin, incluso, creen que Gustave les está gastando una broma, ya que siempre menospreció su «columna», que le parecía desabrida.

—Sí, sí, se la compro.

—¿En verdad, patrón?

Cuando les propone comprar la patente al uno por ciento del costo de la obra, los dos arquitectos hacen un rápido cálculo mental: una torre de trescientos metros, cientos de obreros, una obra que durará al menos dos años… ¡En mucho tiempo no tendrán una oportunidad parecida!

—No se preocupen —explica Eiffel—, sus nombres aparecerán junto al mío…

Incluso los toma por los hombros y se inclina sobre uno de los bocetos, satisfecho:

—Esta torre será nuestra, amigos…

Desde ese día, Gustave está absorto. Hacía mucho tiempo que no se había comprometido tanto con un proyecto. Todas las construcciones anteriores son obras colectivas. Pero ahora, de pronto, desea que esta torre le pertenezca, quiere poseerla. Es así como la «columna» de Koechlin y Nouguier toma forma y vida. La rigidez de los primeros bocetos se suaviza, adquiere delicadeza. Desde el momento en el que está inclinado sobre sus planos, sus bocetos, Eiffel tiene el sentimiento de que es más que un ingeniero, incluso más que un artista en plena crisis de inspiración: es un hombre poseído, entusiasmado. Es como si escribiera una carta de amor a este proyecto desquiciado, desmesurado; como si debiera convencerlo, conquistarlo. Sobre todo, la sombra de Adrienne está siempre ahí, asediando su espíritu, perturbadora y estimulante a la vez. Si hay alguien a quien desea demostrar que él es el mejor, el *único*, es a ella. Hasta el punto de convertirse en un adicto al trabajo: apenas duerme, vacía una taza de café tras otra, se mantiene inclinado sobre sus enormes hojas blancas hasta dañarse los ojos.

Y de pronto, cuando su mente divaga un instante en esos recuerdos lejanos, se pone a dibujar la espalda de Adrienne. Esa curva magnífica que cae como cascada desde su nuca para reunirse con la cintura: un contorno casi perfecto, tan bello como una estatua.

Entonces es una revelación, la evidencia: ¡esa es su torre! No es una línea recta que debe subir de la base hasta la cima, sino una curva, encarnada, viva.

Gustave se pone frenético, obsesionado por ese contorno que le confiere a la columna su famosa «sensualidad», de la que carecía hasta el momento.

Es sencillo: él vive, piensa y respira por la torre. De hecho, los otros proyectos quedan tan abandonados que Compagnon debe mantener el equilibrio. Algunos clientes empiezan a perder la paciencia.

—¿Y el señor Eiffel? ¿No hay noticias?

—Tratarán conmigo. Yo soy su socio.

—Queremos al señor Eiffel. Nos vendieron a un poeta del metal, no a un contador…

—Por eso mismo —masculla Compagnon—, el poeta está en plena crisis de inspiración.

Y es verdad. Desde el momento en que entra a la oficina, Gustave se sumerge en sus planos; considera el edificio bajo todos los ángulos, piensa en los riesgos más mínimos, en los más pequeños detalles. En el fondo, sabe que esta torre no la hace solo para él. Hay alguien detrás de esta fogosidad, de esta juventud reencontrada. Pero se cuida de nombrarla. Digamos que es su musa, su inspiración. El resto solo es un recuerdo, un error juvenil.

—Debe ser perfecta —murmura al tiempo que vacía la decimosegunda taza de café, con dedos temblorosos.

Al cabo de algunos días está tan febril que atraviesa la hoja con la punta del lápiz. Pero los planos están casi terminados, el resto no es más que decoración, adornos.

—Pídele a Sauvestre que adorne todo esto —le ordena a Jean Compagnon, quien no protesta ante el tono militar—. Dile que dibuje los balcones, las galerías, que sea un poco menos austero…

—Hablas de austeridad… —masculla Compagnon, disponiéndose a llamar a Stephen Sauvestre, uno de los arquitectos más distinguidos de su generación.

Muchas familias ricas parisinas ya le han pedido que diseñe sus mansiones y él les ha creado pequeños castillos con torretas, palacios de *Las mil y una noches*, residencias de cuentos de hadas. Una nueva torre de Babel estaría, pues, entre sus capacidades.

—Pero que ni se le ocurra cambiar la forma, ¿está bien? ¡Mi torre es única! ¡No debe parecerse a ninguna otra!

—*Su* torre —repite Compagnon, exasperado.

18

París, 1886

Gustave sale de la tienda y se mira en el gran espejo que está junto al escaparate, en la calle.

Restac se ríe burlón de esta coquetería.

—Tranquilízate, ¡te ves genial!

El ingeniero no desvía la mirada, examina el corte, la caída de hombros, la elegancia de las formas, la calidad de la tela. En el reflejo ve a los peatones que bajan por la rue de Bourgogne, sin parpadear. Casi se siente decepcionado de que las personas no se detengan para elogiar su traje. Comprende entonces que todos están vestidos como él, o más bien, él está vestido como todos ellos.

—La última vez que fui con un sastre, Marguerite todavía estaba viva —confiesa pensativo, acariciando el forro del saco—. Desde entonces, Claire es la que se ocupa de eso, sin siquiera pedirme que la acompañe. Es mi pequeña ama de casa, ¿sabes?

Restac apoya una mano amistosa sobre su hombro y ambos se miran en el espejo, intimidados.

—¡Mira nada más a los dos estudiantes! —bromea el periodista—. ¡Se han convertido en perfectos burgueses!

Eiffel da un paso atrás, pero se compara de nuevo con

los peatones: esa pareja que baja y da vuelta en la rue Las-Cases; esos tres señores que llegan a la plaza del Palacio Borbón para entrar en la Asamblea, diputados sin duda. Restac tiene razón: su época les dio alcance y los modeló. Son el reflejo perfecto de sus tiempos.

—¡Pidaaa el *Fiiigaro*!

Un pequeño vendedor de periódicos con una gorra sube por la banqueta en su dirección.

—¡Mira! Justo a tiempo —dice Antoine.

Le compra un ejemplar al chico, quien también le vende tres periódicos de la competencia, cosa que no debería hacer, pero el muchacho le guiña un ojo a su cliente y le propone un «precio al mayoreo» por todos.

—Otro que sabe arreglárselas. —Ríe Antoine al tiempo que abre el primer periódico— ¡Ah!, ya salió.

Le extiende el periódico a su amigo, quien descubre una doble página consagrada en su totalidad a «Eiffel y su torre». Las columnas, muy apretadas, están ilustradas con una fotografía del arquitecto frente al viaducto de Garabit, así como con uno de los bocetos de la torre, adornado por Stephen Sauvestre.

El ingeniero no puede ocultar su emoción. Restac cree ver a un hombre que advierte al ser amado al final de la calle.

—Tienes de qué alegrarte, Gustave. Está firmado por Palou, la mejor pluma de *Le Figaro*.

Eiffel se siente en las nubes e incluso vuelve a leer ciertas frases exageradamente elogiosas, como cuando uno se vuelve a servir una copa de Chartreuse.

—Bien hecho —exclama sonriendo a su amigo.

Restac se encoge de hombros, radiante.

—¿Y por qué? Es tu torre, no la mía.

Eiffel le da una palmada afectuosa en la espalda.

—Entonces, gracias…

El periodista no le da importancia, está demasiado ocupado en hojear otro periódico. Ahora se encuentran en la plaza del Palacio Borbón, apoyados contra la reja que rodea la estatua de la Justicia. A su alrededor, los carruajes bajan despacio por la rue de Bourgogne, algunos peatones entran a la florería que está en la esquina; toda una pequeña sociedad encopetada, aristocrática, avanza por la banqueta con movimientos delicados. Pero los dos hombres están sumergidos en lo que, según lo advirtió Restac, parece propaganda.

—Él también. —Se alegra Restac frente a una página doble del *Temps*—. Ya ni recuerdo qué le prometí a este.

Inclinado sobre el hombro de su amigo, Eiffel descubre otro elogio de su proyecto para la Exposición Universal.

—¿Sobornas a tus colegas para que hablen de mí? —murmura Eiffel, que había comprendido, pero a quien le incomoda un poco la franqueza de Restac. A veces prefiere no saber.

Antoine cierra el periódico y, con un gesto de la cabeza, señala la Cámara de Diputados frente a ellos.

—Para seducir a Francia hacen falta grandes medios. Y eso que no te digo todo. Algo es cierto: ¡vamos a ganar ese concurso!

Al abrir los dos últimos periódicos, *L'Intransigeant* y *Le Gaulois*, descubren los mismos halagos.

—Perfecto —concluye Restac—, me parece que todo comienza bien. ¿Sabes que Alphand, el maestro de obra de la Exposición, está por completo de tu lado?

109

—Tanto mejor —responde Gustave, quien de pronto teme que una campaña de prensa exagerada tenga el efecto contrario—. Y, bueno, también está el concurso. Primero tengo que convencer a todos los miembros de la comisión que llegarán a mi oficina en tres horas…

Restac voltea hacia el frontón de la Asamblea, donde un enorme reloj indica la hora de la República. Después retrocede un paso para considerar a su amigo de pies a cabeza.

—No te preocupes, los vas a seducir a todos.

—Pero en el Consejo solo hay hombres.

Restac hace una pausa lánguida.

—Sí, pero ellos escuchan a sus mujeres. Yo no tomo ninguna decisión sin consultar a Adrienne, ¿sabes?

Como si lo acabaran de picar con una aguja, Eiffel aprieta los dientes pero logra sonreír. Después mira de nuevo el reloj y le hace una seña a un carruaje que se estaciona en la esquina de la rue de l'Univeristé.

—No nos atrasemos…

19

París, 1886

—Solo soy un hombre con una idea más grande que él mismo…

Las doce barbas permanecen impávidas. Tiesos como fusilados, escuchan al ingeniero.

—Les pido solamente que me permitan llevarla a cabo…

El corazón de Eiffel late con fuerza. A pesar de la campaña de prensa orquestada por Restac, sabe que esta defensa es fundamental. Hoy, más que nunca, se juega el futuro de su torre. Por ello congregó a los doce miembros de la comisión del Consejo de París en sus propios talleres, en Levallois. Algunos protestaron; preferían que Gustave fuera al Hôtel de Ville, pero la curiosidad fue más fuerte. Ahora debe impresionarlos, maravillarlos. Y eso comienza por las palabras. Palabras que Eiffel ha ensayado frente al espejo, frente a Claire, frente a Restac, frente a todo su equipo. De hecho, su gente más cercana está ahí, detrás de él, como el Estado Mayor de un general. Compagnon, ansioso y tenso; Claire, quien se contiene de tomar la mano de Adolphe; también Koechlin, Nouguier, Sauvestre, los primeros padres del proyecto; y por último, Restac, quien, desenvuelto como siempre y con una nalga sobre la esquina de una consola, considera la escena como si estuviera en un vodevil. En las oficinas de alrededor, los colaboradores siguen un discurso mudo, porque Gustave cerró todas las puertas.

—Esta torre, señores, no es la gloria de un hombre ni su reputación, ¡es París! Su esplendor, su lugar en el mundo, y quizá un poco de su alma.

Un consejero murmura a su vecino que este Eiffel es bastante apasionado. Pero habrá que ver qué les enseñará.

—¡Imaginen una torre que se eleva hacia el cielo y atrae todas las miradas! Un reto a la gravedad, a los elementos, a nuestra simple condición humana.

Si los consejeros hubieran visto a Claire, habrían advertido cómo sus labios recitaban el discurso. Pero solo tenían ojos para Gustave, cuyo entusiasmo se volvía contagioso.

—Esta torre representa la confianza recobrada de una nación que vuelve a alzar el rostro después de la sangre y las lágrimas.

Esta frase nacionalista tiene su impacto, y Gustave ve con alivio que los consejeros se ruborizan de orgullo republicano.

Uno de ellos, sin embargo, levanta la mano como un alumno.

—¿No le da miedo que este mastodonte de trescientos metros haga huir a los turistas de París?

Eiffel avanza hacia su objetor.

—¡Al contrario! ¡Los turistas vendrán por miles! De Europa y del Nuevo Mundo… —Avanzando con paso militar frente a la hilera de consejeros, los observa uno a uno, antes de agregar—: Además, ahí se podrá cenar e incluso bailar.

La idea seduce a algunos, pero otros fruncen el ceño por ese detalle burlesco.

—¿Cómo piensa resolver el problema del suelo? —pregunta el más anciano de ellos, señalando la base del enorme boceto que Gustave exhibe en el centro de la habitación—. Tan cerca del Sena, su «gran maravilla» se va a hundir...

—... y pondrá en peligro los alrededores —agrega otro consejero, provocando una oleada de miradas inquietas.

Gustave conserva la calma: esperaba esta pregunta. Chasquea los dedos para indicar a Salles que cambie el boceto de la torre por el esquema de gatos hidráulicos, que permitirán realizar la obra en el subsuelo inundable.

—Para los cimientos sondeamos cada tres metros sobre una extensión de ciento cincuenta pies. Un banco sólido de piedra caliza nivela el lado de la Escuela Militar, así que todo está bien...

Los consejeros se acercan.

—Sin embargo, del lado del Sena, usted tiene toda la razón: el antiguo lecho del río reblandece el suelo y hace que la obra sea más delicada —agrega.

El ingeniero explica sus bocetos y describe su técnica de gatos hidráulicos. Conforme se excava cada vez más profundo, el agua tiende a subir a la superficie. Gracias a la presión del aire comprimido, el agua descenderá, se mantendrá por debajo del nivel de la obra, y los escombros se podrán retirar con palas a una esclusa para que los cimientos se refuercen en seco.

Los doce consejeros están impresionados y confundidos a la vez. Esta técnica los rebasa, puesto que es muy abstracta. Uno de ellos se enfurece solo con la idea de un cajón subterráneo en el que se utiliza aire comprimido.

—Pero… ¿no es peligroso?

Gustave recuerda que su primera construcción en Burdeos, hace más de veinte años, lo enfrentó al mismo reto.

—Es un puente metálico, que sin duda conocen si alguna vez tomaron el tren.

Con un guiño, Eiffel le pasa el relevo a Compagnon.

—Señores, abajo instalamos una maqueta —dice el socio—. Eso les permitirá constatar por ustedes mismos la capacidad de resistencia de esta torre.

Como si les ofrecieran un paseo en montaña rusa, los consejeros siguen con júbilo los pasos de Jean Compagnon.

—¡Bravo, papá! —murmura Claire, y le da un beso furtivo sobre la barba bien rasurada.

—Aún no hemos ganado —responde Gustave, observando al pequeño grupo bajar por la estrecha escalera de caracol, donde todos se sujetan al pasamanos.

El ingeniero y el periodista van detrás.

—No me dijiste que habías trabajado en Burdeos… —dice Restac.

Eiffel lo mira impasible.

—El tiempo para construir una pasarela.

—¿Qué edad tenías?

Gustave empieza a sentirse incómodo. Nunca pensó tener esta conversación con Antoine, ¡mucho menos hoy!

—Veintisiete o veintiocho años, ya no lo recuerdo…

Restac hace cálculos mentales y pregunta, con tono resuelto:

—Quizá conociste a la familia de mi mujer, los Bourgès.

Gustave siente cómo se tensan todos sus músculos. ¡No debe mostrar nada! Solo importa su torre, el proyecto más importante de su carrera.

—No me suena —murmura.

Luego acelera el paso y baja los escalones de la pequeña escalera de dos en dos.

* * *

¡La maqueta es magnífica! De dos buenos metros de altura, está hecha con el metal exacto que conformará a la torre. Eiffel hizo que la pusieran sobre una mesa, al centro de la habitación. Los consejeros la evalúan con una mezcla de admiración y perplejidad. La imaginan en tamaño real, en el centro de París, al borde del Champ-de-Mars. Cada uno se hace una pequeña imagen mental. Los más convencidos ya la ven triunfal, orgullosa como Francia, pavoneándose. A los más reacios les preocupa que esta estructura gigantesca, monumental, ¡destruya media ciudad si se derrumba!

Dos hombres en bata blanca corren las cortinas y dejan la habitación en penumbras.

—Como si estuviéramos en *La linterna mágica* —bromea uno de los consejeros.

Los otros guardan distancia, como si temieran lo que está a punto de hacer ese brujo de Eiffel.

El ingeniero no dice nada. Con los brazos cruzados observa la escena como un director examina a los actores que dirigió durante semanas.

Una tercera bata blanca avanza hacia la maqueta, empujando una máquina sobre una mesa rodante.

—Es un generador, ¿cierto? —pregunta un consejero.

Eiffel reprime una sonrisa. Por lo menos algunos tienen nociones de física. Después, da unas palmadas y se dirige a los consejeros.

—Señores, por su seguridad, retrocedan un paso, por favor.

Los doce hombres están cada vez más pálidos. A pesar de la oscuridad, Claire ve que uno de ellos sujeta el brazo de su vecino. Está emocionada y se aprieta contra Adolphe, quien está tan tenso como Compagnon. Una vez más, Restac, al fondo, se divierte sin ocultarlo y sigue la aventura con avidez.

Eiffel les hace una seña a los ingenieros de bata blanca, quienes accionan el generador. En el momento en que un destello azulado cruza la habitación hasta golpear la cima de la maqueta, los doce consejeros se sobresaltan.

Ya no es solo el brazo de su vecino que el cobarde sujeta, ¡sino la mano, que estruja contra la suya! En realidad todos creyeron que había caído un rayo en Établissements Eiffel. Un olor a quemado se esparce por la habitación e Eiffel pide que vuelvan a abrir las cortinas.

Aliviados al comprobar que nada se incendia, varios consejeros se acercan con desconfianza, aunque con curiosidad, hacia la maqueta y el generador.

—Los pararrayos llegan hasta el manto freático. Podrán caer tantos rayos como quieran…

Los consejeros están boquiabiertos; ya no ocultan su admiración. Claire le da un codazo a Adolphe. Compagnon le lanza un guiño a Gustave.

Es evidente que adquiere más seguridad, y le hace una seña al nuevo asistente para que se acerque.

—Después del fuego, el aire… y el agua.

Un chorro de agua golpea la torre de lleno. Los consejeros jamás habían visto tanta presión salir de una simple tubería. El agua es más violenta que un cañonazo. Pero la maqueta no se mueve ni un milímetro.

—Ese chorro de agua es equivalente a una borrasca de trescientos cincuenta kilómetros por hora. El calado metálico fue concebido para que la torre no se vea afectada por la fricción del viento.

Un nuevo silencio de admiración, que un consejero acaba por romper:

—Disculpe mi pregunta de ignorante, pero si monta los pilares por separado, ¿cómo garantiza que la torre tendrá una vertical correcta?

Gustave evita fruncir el ceño. ¡Habla de un ignorante! Ese debe de ser Bouglache, un viejo arquitecto, y el único miembro del consejo que está abiertamente a favor del proyecto rival: la gran torre de granito concebida por Bourdais.

Sin alterarse, Eiffel señala un tubo que está debajo del pilar de la maqueta.

—Cada base tiene un gato hidráulico provisional y cada viga está sostenida por una cuña de soporte.

Los otros once miembros parecen estar perdidos de nuevo, pero Bouglache comprende exactamente lo que explica el ingeniero.

—Los gatos se operan desde abajo —dice Eiffel al tiempo que enciende la bomba manual que saca el agua de un pozo— y desde arriba se echa la arena.

Eiffel jala un pequeño tapón; desde el pistón se derrama arena fina y el pilar se inclina.

Un «oooh» general de parte de los consejeros.

—Así ajustamos la horizontal y la vertical, como sucede con el nivel de agua.

Eiffel está encantado: advirtió la expresión de admiración de Bouglache. Este alza la cabeza y le dice en tono cómplice:

—Bravo, Eiffel; tiene respuesta a todo.

Gustave voltea un instante hacia sus amigos y familiares, quienes siguen la escena con un silencio religioso. Después, palpa la curva de su maqueta como si acariciara a un caballo después de una demostración de gran acrobacia.

—La vida me enseñó a desconfiar de las sorpresas.

En su cabeza, la sangre golpea, casi hasta hacer explotar su cráneo. «¡Ha ganado!», parece decir una pequeña voz. Pero otra, más grave, más desconfiada, le recuerda que aún falta la prueba final: el famoso concurso…

20

Burdeos, 1860

Los enamorados estaban en la ventana, con el mentón sobre el barandal, como dos cachorros. Los techos de Burdeos se desplegaban bajo sus ojos, en hermosos colores bermellón. El sol acariciaba sus rostros aún húmedos por su abrazo. Una brisa ligera pasaba aquí y allá, como un beso de seda.

—Que delicia… —Suspiró Adrienne cerrando los ojos.

Gustave miraba el sol a la cara, lo desafiaba. ¡Un día construiría una escalera para llegar hasta él! Con Adrienne, se sentía capaz de todo. Ella abría las barreras y le permitía ver el mundo de otra forma: con mayor profundidad y serenidad, pero también con esa flama, con esa energía que su sola presencia inspiraba cada día. ¿Cómo pudo vivir veintisiete años sin conocerla? En ocasiones, esta pregunta lo desequilibraba. Como si los años anteriores a su encuentro se hubieran desperdiciado, como si fueran inútiles. Cuando se lo comentaba, ella rompía a reír, pero no se atrevía a responder que pensaba lo mismo. Hay cosas que solo se dicen con la mirada, con el cuerpo. Y de ese diálogo jamás se cansaban…

—Estamos mejor aquí que en tu cabaña en la obra…

Gustave sintió una nostalgia repentina, como si lamentara ya las primeras horas de su amor. ¿Se había esfumado la inocencia? Al contrario, pero la magia de esa primera noche, el miedo a ahogarse, el calor de la chimenea, esos dos cuerpos que se descubren, son cosas que solo suceden una vez.

—Yo regresaría con gusto a veces —dice Gustave, siguiendo el vuelo de una paloma que fue a anidar al campanario de una capilla, a unas calles de su edificio.

Al escucharlo, Adrienne se echó hacia atrás, como un resorte, y aterrizó sobre la gran cama cuyo colchón rechinó como si le hubiera dolido.

—Prefiero ahogarme en tus sábanas —exclamó al adoptar una postura provocadora, y levantó su camisón hasta los muslos.

Gustave se reunió con ella, pero ella se incorporó y bajó su camisón hasta los tobillos.

—¡Tengo hambre! —dijo, acercándose a los muebles que estaban junto a la puerta de entrada de esa sola habitación.

Gustave la miraba moverse, emocionado y enternecido, aunque hubiera preferido volver a abrazarla.

Ella levantó una caja de galletas.

—¿No tienes nada más?

—No.

Adrienne se encogió de hombros y abrió la caja, devorando las galletas como una niña.

—¡Qué apetito!

—Te dije que tenía hambre…

Luego, regresó a sentarse en la cama con la boca llena. Con el reverso de la mano, Gustave le acarició las mejillas hinchadas por el alimento. La piel de Adrienne era suave como una fruta.

—¿Están buenas?

—En lo absoluto. —Rio, dejando migajas sobre las sábanas.

Gustave sacudió los restos de galleta y después se sentó con las piernas cruzadas frente a la joven.

—Un día te daré… lo que quieras.

—¿En serio? —respondió, sinceramente maravillada.

—¿Qué es lo que quieres?

Adrienne perdió su ligereza y se sumergió en intensa concentración.

—Todo.

—¿Todo?

A su vez, Gustave se puso serio.

—Voy a casarme contigo, ¿lo sabes?

Adrienne sintió que la atravesó un destello de alegría.

—Yo también, ¿lo sabes?

Luego, estallaron en carcajadas y se abrazaron.

Los enamorados permanecieron un buen tiempo sin moverse, con la mirada perdida hacia la ventana, por donde el sol se desplazaba lentamente. Todo había sucedido tan rápido después de su primera noche junto al Garona. En pocos días, Adrienne ya era parte de su vida, y él de la de ella. En particular, ella logró imponérselo a sus amigos y a sus padres, con una naturalidad y audacia desconcertantes.

Adrienne era tan brillante y decidida que siempre desarmaba a sus oponentes.

Eiffel tenía que admitir que, por más burgueses y conformistas que fueran, los Bourgès habían mostrado una sorprendente apertura. La primera vez que llevó a Gustave a su casa, y tomó abiertamente su mano, los padres se conformaron con fruncir el ceño, lo cual pronto se convirtió en una mirada cómplice.

«Listo», había murmurado Adrienne antes de que se fueran a sentar a la sala, para que Louis Bourgès les sirviera un armañac que destilaba en Gascoña. Muy rápidamente, entró en el círculo íntimo de la familia.

«Gustave, ¿qué está leyendo en este momento?».

«Eiffel, ¿qué piensa del comentario de la emperatriz?».

«Querido amigo, ayúdeme a preparar esta ensalada de fruta…».

«Dígame, ingeniero, ya que usted tiene buen ojo, ¿no cree que este techo podría tener un ángulo más suave?».

Era muy simple, Eiffel se sentía adoptado. Para Adrienne, esta actitud parecía normal. A los ojos del joven, era tan sorprendente que en ocasiones dudaba.

—Parece que tus padres sí me quieren de verdad —comentaba a veces, cuando los enamorados se encontraban solos en la hermosa habitación de Adrienne, después de haber dado las buenas noches a los padres, quienes los veían subir juntos con verdadera indulgencia.

—¿Eso te sorprende?

—Eres la mujer más hermosa de la región, todo el mundo te corteja. Yo no soy nadie y tus padres me tratan como a un hijo.

—¿Y te quejas?

A decir verdad, Gustave estaba buscando un cumplido. Claro que tenía todas las cualidades: era apuesto, inteligente, ambicioso y estaba locamente enamorado de Adrienne. ¿Podría la familia Bourgès pedir una mejor opción?

Pero de ahí a entregarla en matrimonio…

Gustave se levantó y caminó hasta la ventana. Ver los techos de Burdeos siempre lo hacía sentir bien. Como uno se tranquiliza al observar una estructura, un mecanismo imparable.

Después, preguntó nervioso:

—¿Crees que tu familia estará de acuerdo?

—Mi familia hace lo que yo diga.

Volvía a hablar como una niña.

—No bromeo, Adrienne —dijo enderezándose—. Nos amamos desde hace seis meses…

—¡Seis meses! —repitió la joven, como si hubiera dicho «¡veinte años!».

—Como si dijéramos una semana…

—¿Te parece?

—Seguramente tus padres tienen otros deseos para ti.

Adrienne frunció el ceño.

—En primer lugar, ¿tú qué sabes? En segundo lugar, me importa un rábano…

—Sin duda piensan en el heredero de una gran familia bordelesa, con campos, viñedos, bosques, mansiones…

—¡Pero nunca será el ingeniero más brillante de su generación!

Eiffel sonríe con un poco de tristeza.

—Tus padres me toleran porque trabajo en este proyecto para el que tu padre suministra la madera…

—Hacen más que tolerarte: te reciben en su mesa, en su salón, en su jardín; te presentan a sus amigos y cierran los ojos cuando yo no regreso a dormir a casa.

—Pero de ahí a entregarme a su hija…

—Si en verdad eso les molestara, habrían hecho algún comentario en cuanto nos besamos frente a ellos.

Gustave se tensó. Él mismo se sentía incómodo cuando Adrienne se le colgaba al cuello en presencia de sus padres. Pero parecía que los Bourgès no se ofendían y que miraban con paciencia las extravagancias de una mujer que era su sol. Como hija única, que además había llegado muy tarde a la vida de la pareja que había luchado por tenerla, Adrienne gozaba de una tolerancia poco común para la sociedad de la época. Por rígidos y burgueses que fueran, sus padres habían comprendido que su hija era singular, y que había que tratarla como tal.

—Aparte, si te preocupa tanto, ¡pídesela!

—¿Qué? ¿A quién?

Adrienne se enderezó, sacó el pecho —sus senos se dibujaron debajo del camisón— y extendió el brazo derecho en dirección de Gustave.

—Pues mi mano. A mi papá.

Se puso nervioso. Eso le parecía impensable.

—¿Yo? ¿A él? Jamás me atrevería…

Ofendida, Adrienne cruzó los brazos sobre el pecho.

—¿Renunciarías a mí por timidez? Tu amor no es muy profundo…

Gustave se sintió inquieto, sobre todo porque Adrienne era capaz de pasar del fuego al hielo si se molestaba.

—Mi amor, no necesitamos pedírselo. Es obvio, ¿no?

Gustave no creía una sola palabra. Obstinada, Adrienne sacudió la cabeza de derecha a izquierda.

—Quizá no lo hacen así en casa de los Eiffel en Dijon. Pero en casa de los Bourgès, en Burdeos, un joven pide la mano al padre de su hija…

El tono altanero ofendió a Gustave; le estaba echando en cara sus orígenes. No obstante, ellos también eran burgueses en Borgoña. Pero al pensar en su hermosa casita que, por sí sola, cabría en el gran salón de los Bourgès, Eiffel supo que en este juego no podía ganar.

—Bien —respondió resignado.

De inmediato, Adrienne recuperó la sonrisa.

En la mente del ingeniero, las ideas cobraban forma. ¿Ir a pedir la mano al viejo Bourgès? En absoluto. Gustave jamás podría soportar un rechazo tan directo. Pero tenía una idea…

—Ya no tengo hambre… —dijo la joven en tono rebelde.

Eiffel salió de su ensimismamiento y la vio. Adrienne se había quitado el camisón y lo esperaba, tan resplandeciente, tan luminosa como el rayo de sol que caía sobre su piel.

21

París, 1886

¿Cuántas personas habían sido invitadas? Adrienne pensaba asistir a una ceremonia íntima, pero trescientos individuos caminaban por los salones del Ministerio de Comercio para descubrir esas locas maquetas.

—Están los señores feudales y el vasallaje —dice, al tiempo que reconoce a ciertas figuras y las saluda con una sonrisa discreta.

Fingiendo disgusto, su marido le dice al oído:

—No sea tan esnob, madame de Restac.

Adrienne parece cada vez más tensa. No quería venir, pero Antoine había insistido mucho.

—Es el veredicto del concurso. Así podrás ver todos los proyectos, ¡es apasionante!

En cierto sentido, esta muchedumbre le conviene; le facilitará esquivarlo, si tiene que hacerlo. Sin embargo, no puede evitar examinar a las personas con una mirada rapaz. Quiere verlo, pero al mismo tiempo teme hacerlo...

Hace ya varias semanas que un nudo le aprieta el estómago. Semanas de tortura, porque Antoine solo tiene una palabra en la boca: Eiffel. Eiffel y su torre. Eiffel y sus proyectos. Eiffel y su genialidad. Eiffel, a quien conoció de joven, apenas espabilado, y a quien sin duda le enseñó las alegrías del mundo. Eiffel que vive, respira, come, duerme con ellos, aunque no se hayan visto desde la cena en ese mismo ministerio, hace ya seis semanas. Pero cuando Antoine se apasiona por una causa, se sumerge hasta el punto de fusionarse con ella. Es cierto que Gustave Eiffel se había convertido en el invitado permanente de su intimidad, el fantasma incisivo, el resucitado, sin que Antoine hubiera sospechado, ni por un momento, que Adrienne podría verse afectada por ello. Por fortuna para ella, su marido no sabe nada…

«Y nunca sabrá nada», pensó mirando a su alrededor con avidez febril.

Entonces lo ve…

Peor: *los* ve. Debió imaginarse que Gustave tendría una familia. Ya que se obligó a no hacerle la más mínima pregunta a Antoine, Adrienne no sabía nada de Eiffel, salvo lo de su torre. Antoine es muy discreto, como si protegiera a su amigo. Sin embargo, frente a ese pequeño grupo que se mantiene en fila, ella comprende que Gustave continuó su vida también. Esa joven de rostro luminoso es su viva imagen. Así como esos tres niños mucho más jóvenes, pegados a las faldas de su hermana mayor. Pero le sorprende no ver a su esposa. ¿Se habrá quedado en casa?

—¡Mira, ahí está! —exclama Restac, disponiéndose a hacer una seña con la mano a la familia Eiffel, al otro lado del salón.

Pero Adrienne lo detiene con un gesto brusco.

—Dejémoslos tranquilos, deben de estar nerviosos.

—Precisamente…

—Vamos a pasear un poco. Te conozco: una vez que

estemos con ellos ya no querrás separarte de tu «viejo Gustave».

Antoine lanza una carcajada.

—Mi amor, eres perspicaz.

La besa en el cuello con una falta de pudor que la hace estremecerse. Ella voltea a ver a Gustave, temiendo que los haya visto. Pero no. Pálido, tenso, él murmura al oído de su hija y acaricia la cabeza del más pequeño de sus hijos.

—¿Dónde está su mujer?

—¿La mujer de quién?

—De Eiffel.

Como réplica de sobremesa, Antoine dice con tono indiferente:

—¿La mujer de Gustave? ¡Pero si está muerta!

Esta desenvoltura paraliza a Adrienne.

—¿Muerta? ¿De qué?

Restac no comprende el horror de su esposa.

—Querida, parece que viste a un fantasma. No sé de qué murió, la pobre. Sin duda de una enfermedad. Pero eso fue hace muchos años. Aparte, Gustave está casado con su trabajo, lo sabes…

—No, ¡no lo sé! —exclama Adrienne agitada, antes de dirigirse hacia las maquetas con paso decidido.

Restac se encoge de hombros. Su mujer y sus estados de ánimo, como siempre. Ella tiene un carácter explosivo que estalla sin razón alguna. Pero no será una de esas «pequeñas crisis» la que echará a perder este día. Se reúne con Adrienne, la toma del brazo y ambos van a explorar las maquetas.

¡Algunas son extravagantes! Como esa guillotina gigante que se supone glorifica el centenario de la Revolución.

—Si es eso lo que debemos recordar de 1789... —dice Adrienne estremeciéndose.

—Aparte de cortar cabezas, ¿esa carnicería sirvió para algo?

La esposa pone los ojos en blanco, pero sonríe: aunque esté completamente a favor de la República, su marido siempre ha tenido opiniones reaccionarias. Sin contar que una buena parte de sus ancestros terminó en el patíbulo, y que proviene de la sola rama de los Restac que tuvo la lucidez de exiliarse en Inglaterra.

La pareja sigue avanzando, de una mesa a otra, en ocasiones obligados a empujar a la gente, como si estuvieran apretados en un bufet. La mayoría de las maquetas son muy minuciosas y es preciso verlas de cerca.

Ahora están frente a lo que será una columna de piedra adornada con aperturas y balcones desde la base hasta la cúspide. Al pie del edificio, una construcción más grande muestra su nombre con orgullo: HOSPITAL MILITAR PARA LOS PULMONES DE NUESTROS SOLDADOS.

—¿Los soldados vendrán aquí o solo sus pulmones? —pregunta sin broma una pequeña dama a su marido.

—Creo que los soldados dejarán ahí sus pulmones para que los curen, pero regresarán a su casa a esperar.

Rostro de admiración de la dama.

—La ciencia... ¡qué barbaridad!

Los Restac no pueden contener la risa y pasan al proyecto siguiente. Se trata de una esfinge como la de El Cairo.

—¿Cuál es la relación con París? —pregunta Antoine asombrado.

Adrienne mira la estatua desde lejos y se pone a soñar. Pero su marido prefiere verla así en lugar de con su brusca vehemencia, como acababa de ocurrir. Su atención parece despertar frente a esta estatua de mujer con gorro frigio que franquea el Sena. El título es ridículo: LA MARIANNE DEL RÍO.

—¡Léon, mira! ¡Está completamente desnuda! —exclama ofendida la misma señora, quien les sigue los talones a los Restac.

Su marido está menos ofendido. Por el contrario, observa la maqueta y se imagina pasando en barco bajo la estatua. Su mirada se vuelve lasciva.

—A ese señor le gusta la apertura de piernas —murmura Restac al oído de Adrienne.

Ella no aguanta la risa y responde:

—Haz que París se salve de eso…

Después llegan hasta una hermosa columna de piedra que evoca a la de la Bastilla. Parece una ampliación de pasillos en columnatas que se unen en un faro gigantesco.

—Este el es proyecto de Bourdais, el gran rival de Gustave.

Adrienne considera la maqueta con excesivo desprecio.

—Es espantoso.

—Quizá, pero esta torre tiene bastantes partidarios. Bourdais ya es el creador del palacio de Trocadero, al otro lado del Sena. Su columna tendría toda la legitimidad de encontrarse enfrente, en el Champ-de-Mars. Además, quiere hacer un faro que pueda iluminar todo París. La idea es hermosa, ¿no?

Adrienne está desagradablemente sorprendida por el tono de su marido.

—Parece que amas este proyecto…

—Bourdais tiene talento, eso es todo.

—¿Y Gustave? ¿Cambias de bando?

¡Restac adora a su mujer! Aunque parezca estar en otra parte, en su mundo, ella es la más involucrada de los dos.

—Gustave es diferente: él va a ganar.

Esta respuesta ruboriza las mejillas de Adrienne. Su marido parece bastante seguro. Luego, él se acerca a ella y le planta otro beso, ligero y furtivo, detrás de la oreja.

—Si me gusta Bourdais, eso tiene que ver con mi debilidad por los vencidos. Es mi lado «reaccionario»…

De pronto, el alboroto se hace más intenso, como si se cerniera una amenaza.

—¿Qué pasa? —pregunta la pequeña dama.

Su marido observa a uno y otro lado.

—El jurado va a dar el resultado del concurso…

Al escuchar esto, Antoine sujeta a su mujer y la empuja frente a él.

—¡Ven! Después veremos las demás…

A algunos metros, al otro lado de una de las mesas, el clan Eiffel espera con preocupación.

En el vientre de Adrienne, el nudo se aprieta hasta asfixiarla.

Pero es demasiado tarde para dar marcha atrás.

* * *

¿Cómo fingir, pero cómo no mirar? Sus miradas se atraen; sin embargo, él tiene que disimular, aparentar indiferencia, no mostrar nada. ¿Tenía que ser hoy, *precisamente hoy*, que viniera con ella? A menos que haya sido idea de Adrienne, una forma muy suya de vengarse por la hostilidad que él le mostró en la velada en casa de Lockroy. No obstante, ella parece tan avergonzada como él. Él la conoce de memoria: esa mirada no lo engaña. Se siente triste y temerosa a la vez. Sin duda fue Antoine quien insistió y ella no pudo negarse. Lo cierto es que hay que mostrarse irreprochable, insospechable, cortés, distante. Este día mira hacia el futuro, hacia una gran torre portadora de sueños, y no hacia los recuerdos que ambos esperaban que estuvieran sepultados.

—Hasta Adrienne está nerviosa —dice Restac, quien siente cómo su mujer sujeta su brazo con fuerza.

Eiffel fuerza una sonrisa, pero lee muchas cosas en el rostro de Adrienne. Los nervios son solo un detalle.

Claire se acerca a ellos.

—¿Ya va a comenzar, papá? —La hija del ingeniero advierte que esa mujer la mira fijamente.

—Le presento a Claire, mi hija y colaboradora. Adrienne es la esposa de Antoine…

—Buenos días, señora —saluda Claire inclinando la cabeza, un poco intranquila por esos grandes ojos de gata que la devoran con la mirada.

—Debe estar muy orgullosa de su padre, señorita.

Por fortuna, su voz es más suave que su mirada. Un tono cálido, agradable.

—Bastante, sí —responde Claire con sospecha.

—Y yo de ella, siempre —agrega su padre pasando el brazo sobre los hombros de su hija—. Claire es mi amuleto de la suerte…

Cuando le da un beso y cierra los ojos, Adrienne desvía la mirada un instante.

—Usted es hermosa, Claire. ¿Puedo llamarla Claire?

—Por supuesto —responde la joven exagerando su amabilidad; esta mujer le da miedo.

Pero hoy, todo el mundo tiene miedo. El aire se vuelve irrespirable. Hasta que no se conozcan los resultados de este endemoniado concurso, todo sonará falso. Por eso es mejor callar y esperar en silencio.

Sin despedirse, Claire desaparece y se reúne con los tres niños que arman un alboroto alrededor de la mesa de bufet, con sus vasos de naranjada.

Gustave sonríe con tristeza.

—Me gustaría sentirme tan despreocupado como ellos…

—Sabes bien que no tienes nada que temer —contesta Restac dándole una palmada en el hombro.

Eiffel sigue receloso; siempre detestó cantar victoria antes de tiempo. No es superstición, sino respeto por la gran incertidumbre de las cosas. Eiffel es un hombre de cifras, de estadísticas, de cálculos.

—Quizá no tenga nada que temer, pero el proyecto de Bourdais es muy popular. Sin embargo, esa torre no es consistente: una masa de ese tamaño requeriría cimientos gigantescos, tan grandes que desequilibrarían todo el vecindario.

Con un poco de crueldad, Restac admite que esta torre es su gran rival.

—Aparte, al presidente Carnot siempre le ha encantado el palacio de Trocadero…

Restac ve cómo su amigo se altera y Adrienne pellizca a su marido en el brazo, cada vez más nerviosa.

—Pero si es solo eso —agrega— tú pondrás un faro en lo alto de tu torre, y con eso bastará.

Esta observación no tranquiliza para nada al ingeniero. La tensión se hace palpable en todos los salones del ministerio. El rostro de Eiffel se estremece con tics, sus manos se hunden de manera compulsiva en el fondo de sus bolsillos, y debe luchar por evitar la mirada de Adrienne, quien hace lo mismo. Cuando por fin sus miradas se cruzan, ella cree leer un «Aléjate, te lo suplico». Pero en el momento en que ella empieza a escaparse, su marido la interpela.

—¿Adónde vas?

—A buscar… champaña. —Improvisa.

Restac aprieta su abrazo con más fuerza y señala una gran puerta que acaba de abrirse, al otro lado del salón.

—Demasiado tarde. Quédate, va a comenzar.

Un conserje avanza con altivez.

—Señoras, señores, ¡el jurado!

Gustave cree que su corazón va a explotar.

* * *

Eiffel está tan tenso que no logra reconocerlos. Le parece ver un ejército de gemelos, todos iguales, que poco a poco toman sus lugares sobre el estrado. Como en las embajadas, como en la Asamblea o en el Consejo de París: las mismas barbas, los mismos atuendos, las mismas condecoraciones…

El público se acerca al estrado mientras los señores se sientan en las sillas plegables, con la mirada llena de una arrogancia insípida. Tomado por sorpresa en el movimiento de la multitud, Eiffel avanza, casi hasta llegar al «escenario».

Entonces, un perfume le acaricia el rostro.

—Todo va a salir bien —murmura una voz.

El ingeniero siente la presencia de Adrienne. Sus hombros se tocan. Sus muslos se rozan. Él mira al otro lado y a lo lejos, al pie de la columna, advierte a Antoine, que toma notas en un cuaderno. Este levanta el rostro y guiña un ojo para tranquilizar a su viejo compañero. A su pesar, Gustave se siente aliviado. Si bien todo puede cambiar de manera radical, sentir la energía suave, cálida y bondadosa de Adrienne calma sus miedos. Se siente protegido.

Entra el último miembro del jurado: su presidente.

Gustave reconoce de inmediato el gran bigote inglés del ministro Lockroy, quien considera a la multitud con satisfacción; esas personas poderosas solo viven por la imagen que el público les refleja. Pasa la mirada sobre Eiffel sin detenerse en él.

—Señoras, señores —dice el ministro de Comercio, rascándose ostensiblemente la garganta.

De nuevo, Gustave siente que la tensión aumenta. ¿Por qué no le sonrió? ¿Será una señal? ¿Siquiera lo vio?

Adivinando su angustia, Adrienne se acerca aún más a él. Su presencia se vuelve abrasadora. Sus manos se rozan y, con un gesto instintivo, Adrienne cruza los brazos. Gustave siente que lo sueltan en el vacío.

—Con nueve votos contra tres —continúa Lockroy—, el proyecto ganador es...

Con crueldad, el ministro deja flotar la duda. En la sala, el público lanza risitas ahogadas. Gustave Eiffel está más pálido que un sudario.

—... el de la torre de trescientos metros propuesta por Établissements Eiffel.

Una lluvia de rosas. Un huracán de violetas. Una gran nube de calma invade la sala, la ciudad, las mentes. De repente todo se vuelve lógico, de una evidencia infantil.

La sala entera exclama un «¡ah!» que demuestra cuál era el proyecto favorito del público. Claire se lanza al cuello de Adolphe Salles, quien ha estado ahí desde el principio, apartado. Compagnon baila, alborotado, con los tres niños que abandonan su naranjada.

Y luego, esa mirada. Una mirada como nunca pensó volver a ver. Cómplice, afectuosa, de una dulzura embriagadora. A pesar de todos esos años, a pesar del dolor, a pesar de las decepciones, las cicatrices, ahí están, juntos, los dos. Si le hubieran dicho a Gustave que el día en que su carrera despegaría compartiría esa alegría con la única mujer que...

Pero deja de pensar. Las palabras son inútiles. Sentir sus dedos aferrarse a los suyos reemplaza todos los discursos, todos los juramentos. Adrienne estrecha su mano como si ya nada pudiera separarlos.

Nada... salvo una mirada.

Dos ojos que se fijan en ese gesto tan anodino. En la cabeza de Antoine todo se atropella. ¿Por qué? ¿Qué es lo que no ha comprendido? ¿Qué detalle escapó a su sagacidad? Su oficio consiste en observar, descifrar; elogian sus artículos por su incisiva agudeza. Pero ahora, bajo sus narices...

No, ¡no es posible! La multitud le jugó una mala broma, una ilusión óptica. Entonces, Antoine de Restac avanza, pero sus manos siguen entrelazadas. Incluso es necesario que Lockroy baje del estrado para que sus dedos se separen.

—¡Eiffel! Estoy muy contento por usted.

—Menos que yo, señor ministro.

Lockroy reconoce a Adrienne y le besa la mano.

—Pero ¿dónde está su esposo? El éxito de Eiffel no sería nada sin él.

—Aquí estoy, Édouard —dice Restac, quien se acerca y saluda al ministro con su imperturbable sonrisa mundana.

Antoine proviene de un mundo en el que se sabe fingir. Después, sin una mirada para Adrienne, se vuelve hacia Gustave y lo toma en sus brazos.

—Amigo, ya ves que cumplo mi palabra…

Gustave está demasiado embriagado de su propia gloria como para detectar la ironía en esas palabras.

—Gracias —murmura el ingeniero con sinceridad.

Restac siente que está abrazando a una serpiente.

22

París, 1886

—¡Esta victoria es suya! ¡Gracias a ustedes, Établissements Eiffel adquirió una experiencia incomparable en el mundo!

Ahora es su turno para estar sobre el estrado y arengar a la muchedumbre. Siempre amó eso. Si bien detesta a los bufones, a las divas de las salas de audiencias, Gustave ama sentir que el público se cuelga de sus palabras, tanto como ama ver la admiración y la incomprensión de los peatones que descubren sus construcciones. ¿Cuántos habitantes de Ruynes lo cuestionaron sobre el viaducto de Garabit que acababa de terminar, y cuyo arco, parecido a una telaraña, anunciaba ya la estructura de su futura torre?

—Señor Eiffel, ¿cómo lo hizo?

—¡Tal cosa nunca podrá mantenerse en pie!

Gustave esquivaba las preguntas, enigmático, como un ilusionista a quien preguntan de dónde saca al conejo.

De hecho, esa famosa torre de trescientos metros que se comprometió a construir, en menos de dos años, para la gloria de Francia, ¿podrá mantenerse en pie?

Es él quien debe estar convencido, puesto que solo así su equipo lo seguirá. Y todos están ahí, a sus pies, reunidos en el patio central de Établissements Eiffel. Gustave les debía este pequeño «brindis de honor» para coronar meses de trabajo y estudio... ¡pero que también augura una obra extenuante! Por otro lado, Gustave quería celebrarlo, animarlos, enardecerlos. Por eso se encaramó sobre ese remolque cubierto de nombres exóticos —Tonkín, Senegal, Brasil—, que llevaron hasta el centro del patio.

—Vamos a iniciar algo que nadie ha intentado antes. Y les digo que sus hijos, y los hijos de sus hijos, recordarán con orgullo que ustedes estuvieron en esta obra, *su* obra...

Ese pronombre posesivo provoca una ola de entusiasmo entre los obreros.

—*Nosotros* vamos a construir un sueño —continúa el ingeniero—. Ustedes, yo, ¡todos juntos!

La multitud estalla en vítores. Los hombres lanzan sus gorras al aire, se abrazan, se besan.

De inmediato, Gustave salta del remolque como un joven; no tiene un minuto que perder.

Mientras que sus obreros terminan de vaciar sus copas de vino de Argelia, Gustave les hace una seña a sus colaboradores para que se reúnan con él. Compagnon, Adolphe Salles, Nouguier y algunos otros acuden, sorprendidos de que Eiffel rompa el júbilo tan pronto.

—Hubieras podido dejarnos terminar nuestra copa, Gustave —dice Compagnon, secándose los labios con el reverso de la manga.

—¡Tenemos dos años! Beberemos a trescientos metros de altitud, antes no.

Los otros lo miran, divertidos por la energía del ingeniero. Él camina con brío, atraviesa la fábrica como un general seguido por su Estado Mayor.

—Modificaremos las piezas aquí y luego las enviaremos al sitio y las montaremos allá. Debemos triplicar la capacidad de la fábrica.

—¿Triplicarla? —repite Compagnon—. Pero, Gustave, yo…

—Difunde la licitación para los elevadores. Con Roux, por supuesto, pero también con los estadounidenses.

—Entendido —dice Compagnon frunciendo el ceño; está acostumbrado a estos impulsos.

—Para el pararrayos —continúa Eiffel volteando hacia los otros— hablen con Mascart en el Instituto, luego con Becquerel.

Se toma nota de cada recomendación sin que nadie aminore el paso, puesto que Eiffel sigue su camino por la fábrica.

—¡Usted! ¡Yerno!

Adolphe Salles se sobresalta.

—¿Patrón?

—Usted queda a cargo de la contratación de los obreros…

Sorprendido de que le encomienden una misión tan delicada, Adolphe se detiene, mira a su alrededor y revisa rápidamente el plano de la torre.

—Necesitaremos al menos mil hombres.

—Trescientos, ¡ni uno más!

La cifra cae como una cuchilla.

Todos parecen inquietos y Gustave sonríe frente a su sorpresa.

—Quiero a los ensambladores y a los carpinteros más experimentados. Saboyanos, equilibristas, mohawks si es necesario —exclama retomando el paso—. Quiero hombres de buena voluntad y que no padezcan de vértigo; no es necesario que tengan destrezas particulares.

Esgrimiendo una hoja de papel cubierta de cifras, aclara que sus cálculos van a facilitar tanto el ensamblaje que hasta un niño de cinco años sabrá construir la torre.

—¡Cinco años! ¡Nada más y nada menos! —exclama Compagnon inquieto.

Sin darle importancia, Eiffel voltea hacia Nouguier.

—Que cuatro ingenieros diferentes vuelvan a hacer cuatro veces los cálculos. Uno del Politécnico, otro de Central, otro de Minas y otro de Ponts. No quiero ni un solo accidente en el sitio de la obra.

Lívido, Nouguier toma notas. Si bien está contento de ganar una buena suma de dinero, empieza a preguntarse si alguna vez alguien relacionará su nombre con esta torre, de la cual él es el primer padre. Eiffel es demasiado apasionado, demasiado voraz como para no apropiarse del proyecto. Pero ¿no es eso una característica de los visionarios, de los constructores?

—Quiero un modelo de tamaño real por cada pieza. Y una maqueta escala 1:100 en las oficinas, que se construirá al mismo tiempo que la torre.

Gustave Eiffel señala la fábrica con un gran gesto circular y dice que quiere resolver los problemas aquí, en lugar de descubrirlos allá.

Todos asienten, conscientes de que, a pesar de la complejidad de la empresa, es la decisión más sabia.

—La prioridad número uno ¡es la se-gu-ri-dad! Las caídas de herramientas, el frío, el viento; quiero que haya barreras de protección y abrigos de piel para todos nuestros chicos. No quiero que haya un solo muerto en la obra.

Falto de aliento, detiene su recorrido y se apoya en el

barandal de una escalera, jadeando como un maratonista que llega a la meta.

Luego, se vuelve hacia Compagnon.

—Te toca a ti. Tú empezarás todo esto…

El Estado Mayor se paraliza un instante, como si todos tuvieran algo que objetar. Pero Eiffel ya se ha marchado…

23

Burdeos, 1860

—¿Casarse con mi hija? ¿Eiffel?

Louis Bourgès estaba atónito. Se levantó de su gran sillón de piel y fue hacia su oficina a grandes zancadas, como para huir de esa idea.

—Eiffel me pidió que hablara con usted, y le digo...

Sí, Pauwels hablaba en serio. ¡Gustave le había encargado hacer esta solicitud aberrante! Un cuarto de hora antes había tocado a la puerta de su residencia, y Bourgès creía que venía a hacer un pedido adicional de madera. El empresario estaba en pantuflas, arrebujado, con la mirada huidiza. ¡Él tampoco estaba acostumbrado a este tipo de encargos!

—¡No! ¿Pero quién se cree que es? —continúa Bourgès abriendo la ventana de par en par.

La oficina daba al jardín y, como si fuera a propósito, las siluetas de Adrienne y Gustave avanzaban por el lindero del bosque con las manos entrelazadas. Esta imagen lo hizo sonrojarse y se contuvo de llamarlos para expulsar al impertinente. Por desgracia, era él quien toleraba la presencia de este joven ingeniero desde hacía meses. Bourgès no podía negarle nada a su querida hija que, en general, se encaprichaba con coquetos desabridos. Al menos, Gustave Eiffel era otra cosa: los dos hombres incluso tenían conversaciones apasionantes sobre arquitectura, el futuro de la tecnología y otros temas masculinos de los que hablaban por las noches, frente a la gran chimenea de la sala. Louis Bourgès debía admitir que incluso él había caído en el juego, lo que no facilitaba las cosas. Era encantador, el tal Eiffel: talentoso, prometedor, ambicioso. Y Adrienne era tan feliz desde hacía seis meses. La llegada de Gustave incluso había aportado al hogar un equilibrio y una tranquilidad que no habían conocido desde hacía mucho tiempo. Junto a él, Adrienne había crecido, madurado, sin dejar de ser la joven encantadora que era. El ingeniero tenía una delicadeza que ningún otro joven que los Bourgès habían visto del brazo de su hija había mostrado. El encuentro con Gustave Eiffel había sido, pues, una bendición para Adrienne, quien mostraba una verdadera metamorfosis. Los Bourgès lo habían pensado con frecuencia, en las noches tranquilas en su habitación. Esta plenitud incluso calmó las tensiones que a veces había entre Louis Bourgès y su esposa, porque discutían a menudo por el tema de su hija; el carácter de Adrienne siempre era tema de discordia. Ambos admitían que Gustave Eiffel le hacía bien a Adrienne; pero de ahí a hacerlo su yerno…

En el jardín, los dos enamorados se besaban, y Bourgès apartó la mirada, furioso.

—Pero ¿por qué lo envía a usted? Podría tener la franqueza de enfrentarme directamente, ¿o no? Cuando un soldado va a la guerra, lleva su fusil…

Frente a esas palabras tan duras, la expresión de Pauwels se enterneció.

—Porque sabía que le diría que no.

—¡Claro que no! —exclamó Bourgès desplomándose sobre el sillón.

Después, encendió un puro con manos febriles y continuó.

—¿Pensó que usted sabría cómo convencerme? Creía que sus relaciones eran tensas, desde esa escena del ahogamiento...

Bourgès tenía razón: Eiffel lo exasperaba. Su altanería, su carácter, esa manera de defender siempre a sus obreros, aunque fuera por mala fe. Pero Eiffel era un ingeniero de primer nivel, eso era algo que todo el mundo reconocía. Y Pauwels siempre anteponía su interés a sus afinidades.

—Usted es un buen padre, pero también es un hombre de negocios informado, ¿no es así, señor Bourgès?

El gran burgués leyó un brillo maligno en la mirada de Pauwels. Algo le decía que esta solicitud de matrimonio también era una transacción.

—Explíqueme, Pauwels... —dijo, antes de exhalar grandes volutas de humo que atravesaron la habitación y se aplastaron en el entrepaño que sobresalía en la chimenea. Ahí había una pintura campestre con dos enamorados, similar a la imagen de la bella pareja que veía por la ventana.

—Como ha podido constatar, Gustave Eiffel es irascible, a veces iracundo...

—Eso no me tranquiliza, de hecho...

Echando un vistazo a los enamorados en el jardín, Pauwels agregó que si el padre se negaba a dar la mano de su hija en matrimonio, Eiffel podría ser capaz de abandonar la obra.

—Y yo tengo un puente que terminar...

Bourgès seguía sin comprender adónde quería llegar el empresario.

—¿Y es por eso que debo regalar a mi hija?

—Por supuesto que no —respondió Pauwels incómodo—. Se trata de ganar tiempo. Una vez que la obra esté terminada, usted le dirá a Eiffel que cambió de opinión o que su hija ya no quiere nada con él…

Bourgès reflexionaba.

—¿Sabe que eso podría romperle el corazón?

Pauwels se encogió de hombros.

—¿El de Eiffel? ¿Y qué?

—¡Estoy hablando de mi hija!

Pauwels se sobresaltó porque Bourgès golpeó su puño con fuerza sobre el brazo de su sillón. Su voz hizo que tres pájaros que anidaban en la parra salvaje echaran a volar. Desde el jardín, los dos enamorados voltearon hacia la casa.

—¿Usted tiene hijos, Pauwels?

—No.

—Ya entiendo…

Bourgès fumaba su puro con una rabia contenida.

Como no podía permitirse perder a Eiffel, Pauwels lanzó su última carta:

—Puede imaginar que esto también tiene una contraparte para usted.

El rostro de Bourgès se iluminó.

—Continúe.

—Hasta ahora, yo tenía tres proveedores de madera: usted, los Baude y los Huairveux.

Una sonrisa astuta se dibujó en el rostro del gordo burgués. En su mente, las cifras danzaban.

—¿Yo sería entonces su único proveedor?

Pauwels asintió; Bourgès se puso de pie para ofrecerle un puro.

—El único.

Pauwels se acomodó en el sofá, aliviado y alegre, observando el humo de su puro, tan reconfortante. Mientras, Bourgès abrió la ventana.

—¡Adrienne! ¡Gustave! ¡Vengan! Tengo la impresión de que me esconden cosas. Por fortuna, el buen Pauwels está aquí para hacer de mensajero…

Gustave tomó a Adrienne de la mano y los prometidos corrieron hacia la casa.

24

París, 1886

Los jardines del ministerio son magníficos. Este final de la primavera ofrece una sinfonía de flores, de perfumes, de colores. Las carpas plantadas sobre el pasto hacen juego con el rosedal: sus tonos pastel resaltan la belleza de las damas y la elegancia de los señores. En cuanto al bufet, abundan los víveres. ¡Édouard Lockroy hace bien las cosas! Si no fuera un esteta, ¿habría elegido otro proyecto? ¿Su corazón se hubiera inclinado por la tosca columna de Bourdais o por esa ridícula guillotina gigante? A Gustave ya no le importa. Es el único en el escenario y puede navegar sin temor. Además, le gustaría estar a la altura de la tarea. Las trivialidades tuvieron su razón de ser antes del concurso; ahora que él es el elegido de la República, Eiffel tiene otros asuntos que atender además de besar manos e inflar el pecho. Si Restac no hubiera insistido, estaría en el taller.

—Gustave, Lockroy organiza una fiesta al aire libre para ti… Eres su héroe… No seas ingrato…

—No es ni heroísmo ni ingratitud: tengo plazos que cumplir. Estamos a mediados de junio y la obra empieza el 1.º de enero. Tengo seis meses para verificar todo, afinar detalles, recalcular, anticipar… Así que si crees que tengo tiempo para ir a beber champaña…

—Tendrás tiempo, porque no tienes opción —zanja Restac.

Después, el periodista agregó que iría con su mujer.

Como Restac lo temía, eso convenció al ingeniero de inmediato.

Antoine no había dicho nada, pero su intuición se volvía cada vez más patente…

Y ahora Eiffel avanza a grandes zancadas por el jardín del ministerio, alejado de las personas desagradables, en espera de la llegada de los Restac. Hace ya media hora que está ahí, huyendo de todos esos desconocidos que acuden a felicitarlo (y que se muestran sorprendidos de que se porte tan frío; ni hablar, estos artistas…). Incluso Lockroy le hizo un comentario al respecto.

—Y bien, Eiffel, organizo esta pequeña fiesta en su honor y usted tiene cara de entierro…

—Disculpe, señor ministro, pero estoy tan sumergido en mis cálculos que me cuesta trabajo distraerme.

Después de darle una fuerte palmada en la espalda, Lockroy le ofrece una copa de champaña.

—Beba, señor ingeniero, «el vino disipa la tristeza», como cantan en la ópera.

—No estoy triste…

—¡Y yo canto desafinado!

Una carcajada del ministro de Comercio, que se aleja hacia otros invitados y les hace una seña para que dejen a Eiffel en paz.

En ese momento, llegan…

Gustave se asombra por la belleza de Adrienne. Con

los años se ha reafirmado, pero también ha ganado finura. Tantas mujeres padecen con dolorosa fatalidad el paso del tiempo, pero parece que a ella no le ha afectado. Cuando pensaba en Adrienne, cuya imagen se encarnaba en su torre, tenía buena memoria. Su silueta es la misma, así como la mirada, la seguridad, esa espalda tensa, erguida, como la de una bailarina. Incluso su cabello ha ganado espesura, docilidad. Parece imposible que Adrienne de Restac tenga la misma edad que esas viejas metiches, cubiertas con velos, que se atragantan con pastelillos de crema, atadas a las mesas del bufet. Sin embargo, cuando Eiffel observa a sus maridos, ve a señores de su edad y de la de Restac. ¿Cuál es el secreto de Adrienne? ¿Será alguna brujería de las que le encantaba presumir, con la mirada ardiente, en Burdeos? Eiffel no lo sabrá jamás, pero han pasado 27 años y la pequeña Bourgès es más bella que el primer día.

—Gustave, sabría que vendrías —dice Antoine al acercarse. Voltea hacia su esposa con una sonrisa agria bajo sus ojos de oso, y agrega—: Es el más sociable de los parisinos…

El comentario irrita a Eiffel; le parece que desde hace algún tiempo Restac está más distante, menos alegre. Ahora que ganó su apuesta, que eligieron el proyecto de la torre, el periodista se habrá cansado de su juguete. ¿Significa que verá menos a los Restac? Una parte de su conciencia se siente aliviada: al fin podrá trabajar con la mente en paz; la otra, le oprime el corazón.

Adrienne es la misma de siempre: impasible, impenetrable. Gustave siente aún el calor de su mano en la de él, aquí mismo, hace ya quince días.

Mientras que ella voltea hacia el centro del jardín, sus ojos de gata se iluminan:

—¡Miren! ¡Hay una orquesta!

En efecto, sobre un pequeño estrado una decena de músicos afina sus instrumentos.

—¡Amigos! —exclama Lockroy antes de aplaudir—: ¡Música!

Cuando la orquesta toca los primeros acordes, el ministro trota hasta su invitado de honor con una mezcla de severidad y candor.

—Eiffel, le toca abrir el baile...

Súbitamente avergonzado —Gustave siempre ha odiado bailar—, el ingeniero mira a su alrededor: todas las parejas parecen estar a la espera de que el rey de la fiesta abra la pista para que puedan bailar.

Eiffel siente que su rostro se torna escarlata.

—No le estoy pidiendo la luna, Gustave. Aunque eso parezca ser más fácil para usted...

Acorralado, Eiffel voltea hacia Adrienne, a quien siente inquieta desde que sonaron las primeras notas del vals.

—¿Señora? —dice con un tono demasiado ceremonioso.

Con una rápida mirada, ella pide permiso a su marido, quien palidece, pero asiente. Ni Gustave ni Adrienne advierten que sus ojos ardientes los siguen en su camino hacia la pista de baile; los protegen las miradas benévolas de la multitud.

—Adrienne es ahora toda una belleza —dice Lockroy, no sin amargura—. Tienes suerte de tener a una mujer feliz...

Restac no responde, solo hunde las manos en sus bolsillos. Después decide abordar a la primera mujer que se acerca a ellos y la invita a bailar.

Gustave y Adrienne no hablan. Apenas se miran, conmovidos e intimidados por estar tan cerca, por tocarse, estrecharse uno contra otro, y por tener el derecho de hacerlo. Ambos reconocen el famoso *Vals de los patinadores*, de Waldteufel, que ha dado la vuelta al mundo desde hace algunos años. No hay fiesta, no hay cena en la que alguien no la silbe, la toque en el piano, la tararee. Y sienten que patinan sobre esta pista de madera clara, en la que sus pies se siguen, sus piernas se entrelazan, sus cuerpos giran con una naturalidad que les sorprende.

—No sabía que bailaras… —murmura Adrienne, quien no puede evitar escudriñar a su alrededor, cruzando en ocasiones la mirada vacía de su marido, que parece bailar con una muñeca de trapo.

—En veintisiete años he tenido tiempo de aprender…

La respuesta de Gustave hace que Adrienne se estremezca. Él la siente tensarse y la abraza con más fuerza. Baja la mano hasta su talle, sus caderas, y siente ese cuerpo cada vez más cálido.

—Gustave, nos observan.

Pero a Eiffel no le importa. Adrienne está ahí, entre sus brazos, más viva que nunca, tan joven, tan verdadera como en Burdeos. Su perfume es el mismo: una combinación de almizcle y rosas. Y su piel, tan suave, apenas marcada por el tiempo, que parece florecer cuando sus dedos la rozan. Y por último, esa respiración, tan cerca de su rostro. Un aliento que reconocería entre mil, que siempre le recordaba a moras o frambuesas. De hecho, todo su cuerpo era así: afrutado, delicioso. Al pensarlo, Gustave siente que el deseo lo invade, le corta la respiración y contrae todos sus músculos. Crispa los dedos sobre el cuerpo de Adrienne, quien se estremece y jadea ligeramente.

—Será mejor que dejemos de bailar —murmura ella.

Pone una mano sobre su torso, pero en lugar de alejar-
lo, solo aumenta su deseo. Eiffel hierve, sus labios tiemblan.
Ahora ambos se miran como si tuvieran que enfrentarse.
Por lo tanto, no pueden ver a Antoine, quien baila cerca de
ellos y los espía con horror e incomprensión. Lo que ve lo
desmoraliza: después de acariciarle el pecho, Adrienne se
estrecha más contra Gustave.

¿Los dos bailarines están conscientes de sus gestos, de
la imagen que proyectan? Pero nadie los advierte. A ex-
cepción de Restac, todos los invitados están embriagados
con Waldteufel, concentrados en sus propios pasos, en sus
propios movimientos.

Cuando una pareja los roza, Adrienne recupera la conciencia.

—Hablemos, por favor —dice en un tono que parece
falso.

Después de un tiempo de silencio, Gustave finge una
sonrisa igual de falsa.

—¿Tus padres están bien?

Adrienne aprieta los dientes.

—No tengo idea. Ya no los veo.

Gustave reprime una sonrisa satisfecha. Pocas veces ha
detestado tanto a la gente, a un medio, a una casta. Saber
que Adrienne se alejó de ellos lo alegra.

Entonces, advierten a Antoine, que no deja de bailar y
de ofrecerles una sonrisa helada.

—¿Lo amas?

En brazos de Gustave, Adrienne se tensa de nuevo. Su
rostro se vuelve impasible, pero cuando Eiffel la abraza
con más fuerza, siente que un rayo se dispara de su vientre
hasta sus labios.

—Estás temblando —dice Eiffel.

—Para.

Sin embargo, continúan ese vals interminable que es un suplicio y un deleite.

Cuando suenan los últimos acordes y mientras los bailarines aceleran el paso para el galope final, Eiffel se inclina hacia el oído de Adrienne. Su voz entrecortada se cubre con los pizzicatos de los violines.

—Escucha, escúchame… Hay un hostal, en Batignolles. Las Acacias… Es fácil encontrarlo. Alcánzame ahí. Cuando quieras. Te esperaré…

Para Adrienne, es la gota que derrama el vaso.

—Basta…

Antes de que la orquesta toque el último acorde, ella se retira con tanta violencia que casi tira a su pareja de baile; este se agarra de un gran señor de bigote largo y rubio, quien se alegra de apoyar al héroe del día.

La música se detiene y las parejas se separan con elogios y reverencias.

Gustave se inclina frente a Adrienne, quien permanece inmóvil como una estatua.

—Se acabó, Gustave —murmura ella—. Todo esto es ridículo, no tiene sentido. Tengo una vida, un marido. Déjame.

Adrienne da media vuelta y se reúne con su marido, quien la espera con una copa de champaña.

25

París, 1887

El ministro tiene miedo. No dice nada, pero cuando entra por el túnel de metal siente un nudo en el estómago. Cuando las suelas de sus zapatos se plantan sobre los escalones, el nudo se aprieta.

—¡Chicos, aquí viene Lockroy! —grita una voz distante bajo sus pies.

—Tiene que disculparlos —suplica Eiffel de inmediato, divertido con esta familiaridad—. Mis obreros pasan doce horas al día bajo tierra y a veces pierden el sentido del respeto…

—No pasa nada —murmura Lockroy; alza la mirada hacia Eiffel, quien también entra al túnel.

A Édouard Lockroy el respeto lo tiene sin cuidado. Solo se pregunta por qué aceptó esta visita a la obra, que comenzó hace unos meses, durante el frío helado de finales del invierno. Eiffel hubiera podido esperar a que las primeras estructuras salieran del suelo. El ministro ama los paisajes, no las grutas; no padece vértigo y adora que el viento le azote el rostro. Pero siempre ha detestado las cuevas, los subterráneos. Incluso se niega a subir en los elevadores. Sin embargo, tiene que poner buena cara, porque varios enviados de la prensa están ahí arriba, en la superficie, listos para hacerle preguntas y tomar fotografías después de la visita.

«Si alguna vez salgo de aquí…», piensa Lockroy al sentir que su pie se agita sobre el vacío.

—Deslícese, señor ministro.

Dos hombres lo sostienen por las piernas y lo ayudan a aterrizar sobre el suelo de la cámara.

¿El suelo? Más bien un lodo arcilloso, pegajoso, resbaloso, tan húmedo como el aire saturado de esa habitación en claroscuro.

¿Cuántos son? ¿Veinte, quizá? La mayoría no pone atención a ese visitante encorbatado, cuyas botas altas combinan de manera extraña con su chaqueta. Aquí, cada obrero cumple su misión. Algunos excavan, otros acarrean el terraplén, unos más llenan cubetas que suben con una cuerda por una chimenea central.

Lockroy entrecierra los ojos para acostumbrarse a la penumbra. Una simple lámpara de acetileno ilumina débilmente la habitación, pero todos parecen estar satisfechos con ella. Todos están ocupados, nadie habla. ¿Para qué? ¡Esas máquinas hacen un ruido del demonio!

Eiffel salta a su lado y le muestra al ministro los diferentes detalles de la caja hidráulica, con precisiones técnicas que a Lockroy le importan un verdadero comino. Lo único que quiere es subir a la superficie.

—Si la caja hidráulica se hunde —dice a gritos—, ¿no es peligroso?

—Sí, pero es la única manera. Tenemos que excavar más rápido de lo que se hunde.

Al ver que su respuesta preocupa al ministro, Eiffel hace girar un dedo alrededor de su garganta.

—Trague su saliva con frecuencia. El aire está muy seco.

«¿Seco?», piensa de nuevo Lockroy al ver esa habitación cuyo suelo se mueve y que está empapada por completo.

—Muy pronto tendremos los dos pilares del lado del Sena. —Se entusiasma Eiffel, fascinado con su obra.

—Su máquina es terrible para los oídos.

—Es el exceso de presión…

De pronto, un grito. Luego, movimientos acelerados de la multitud. Las miradas se cruzan, inquietas. Muchos voltean a ver a Eiffel, quien mantiene la calma. El ingeniero toma al ministro del brazo y lo lleva al otro lado de la cámara, sobre una pequeña tarima.

—¡Quédese aquí!

Lockroy siente que está viviendo una pesadilla. ¡El agua empieza a salir por todas partes! Si bien Eiffel permanece tranquilo, el ministro ve que los obreros tratan de ocultar el miedo, mientras observan con terror sus propios tobillos, que quedan sumergidos rápidamente.

—El agua del Sena —murmura aterrado.

Pero Eiffel va directamente a un manómetro y aumenta un poco la presión.

De inmediato, el agua empieza a retroceder bajo las miradas aliviadas de los obreros.

—Esto puede pasar todos los días, y aun así muero de miedo cada vez —dice un obrero al ministro, como si lo conociera desde siempre.

Luego le ofrece un frasco que saca de su bolsillo.

—¿Un poco de aguardiente?

Sin siquiera responder, el ministro le arranca la botella de la mano y la vacía de tres tragos.

—¡Uf! ¡La política da sed!

—Le ruego me disculpe…

—No hay problema. Señor Eiffel, ¡creo que debemos sacar al ministro de aquí!

Lockroy lanza una mirada agradecida al obrero, quien vuelve a su trabajo. Cuando salen del túnel, el ministro recobra los sentidos.

—Nada de esto es reconfortante. Además, estoy empezando a recibir cartas de personas que están preocupadas. Los vecinos están furiosos…

Eiffel no había pensado que iba a tener esta conversación con Lockroy en un pozo escalonado.

—Hay que dejarlos hablar…

—Tome esas quejas con seriedad, Eiffel —insiste Lockroy.

El cielo de París le parece un anticipo del paraíso. Aunque está nublado y una siniestra llovizna invernal moja el Champ-de-Mars, el ministro se siente en plena primavera. ¡El aire libre! ¡Al fin!

Los periodistas se precipitan.

—Señor Lockroy, ¿sus primeras impresiones?

—¿Qué vio allá abajo, señor ministro?

—¿Piensa que esta torre va a soportar la proximidad al Sena?

—¡Háblenos de esas cajas hidráulicas!

Lockroy recupera su arrogancia de político y mira al conjunto de periodistas con satisfacción.

—Esas son preguntas técnicas que solo el señor Eiffel puede responder.

Voltea hacia Eiffel, quien acaba de salir del pozo. El ingeniero se dispone a tomar la palabra, pero un joven reportero lo interrumpe.

—¿Cómo responde a las quejas? ¿A la petición de los artistas que se oponen a la construcción de la torre?

El rostro de Lockroy se paraliza y, con bastante cobardía, el ministro voltea a ver al ingeniero como si le dijera: «Te lo dije».

26

Burdeos, 1860

La multitud estaba boquiabierta. ¡Esa pasarela era una obra maestra! Habían estado al tanto de su construcción desde lejos, girando la cabeza cuando pasaban cerca de la obra. Pero este caluroso domingo de agosto, los bordeleses se tomaban el tiempo para mirarla, y admitían su fascinación.

—Señor Pauwels, ¡es magnífica!

—¡Parece encaje!

—¡Es usted un artista!

Pauwels se pavoneaba e iba de un grupo a otro para recibir varios ramos de flores. Toda esa gente bonita se había engalanado para aquella inauguración estival, bajo el cielo pesado y oscuro de finales de verano.

Mientras el empresario escuchaba un nuevo elogio, uno de los obreros objetó:

—Lo siento, pero el verdadero artista es el señor Eiffel.

Y con estas palabras señaló al ingeniero que, apartado, observaba con cierta ironía los chismorreos y la excentricidad.

—¿Eiffel? ¿Quién es el señor Eiffel?

Pauwels puso cara afable y chasqueó los dedos para indicarle a Gustave que se acercara.

—¡Por supuesto! Gustave Eiffel es mi ingeniero responsable. Un joven muy talentoso y con un gran futuro.

Eiffel hizo una reverencia y tomó a Pauwels por el brazo. Parecía luchar contra una ansiedad vaga. Desde esa mañana, algo lo inquietaba, pero no podía decir qué. Sin duda eran las tormentas del mes de agosto, pero no le gustaba esa angustia, como si rondara una amenaza.

—¿Ya llegó el equipo? —preguntó Gustave.

—Sí, todos están ahí.

—¿Con sus esposas?

—Así parece.

—¿Y el alcalde?

—Acaba de llegar —respondió Pauwels—. Mírelo, ahí, junto a la mesa del bufet. Está bebiendo una cerveza. ¡Parece sediento!

—Con este calor, lo comprendo —dijo Eiffel, levantándose el cuello de la camisa.

Pauwels estaba sorprendido por la intranquilidad de su ingeniero.

—¿Está bien, Gustave? Hoy debería estar feliz. Su pasarela está terminada. Y tengo claro que los halagos que recibo están destinados a usted.

A Eiffel le sorprendió la honestidad de Pauwels. ¿Esa concesión ocultaba otra cosa?

Alrededor, todo el mundo brindaba y se felicitaba; obreros y burgueses se mezclaban. Era una hermosa inauguración. Pero Gustave permanecía serio y alerta.

Un hombre pequeño de bigote aplaudió.

—Damas y caballeros, ¡es hora de la foto! ¡Voy a necesitar que todo el equipo se reúna en la ribera, al pie del pilar!

Entre los obreros se armó el alboroto; les pasaban la copa a sus esposas, a sus compañeras, a sus hijas, y se apresuran hasta el borde del Garona. ¡Las mujeres estaban tan orgullosas de sus hombres!

Pauwels pone una mano amistosa sobre la espalda de Eiffel.

—Venga, Gustave. Esta fotografía le dará la vuelta a Francia…

Pero Eiffel se movía a regañadientes, vigilando todo el tiempo la entrada de la obra, que estaba desesperantemente vacía.

—¿Y bien? —preguntó Pauwels impaciente—. Ya solo nos esperan a nosotros.

—¡No vamos a hacer la foto sin los Bourgès!

Pauwels hubiera querido permanecer impasible, pero no pudo hacerlo. Su rostro se tensó y su mirada se hizo esquiva.

—Venga, le digo…

Gustave Eiffel tenía razón: algo se tramaba.

—¿Qué pasa? ¿Por qué pone esa cara? ¿Dónde están los Bourgès?

Pauwels no sabía qué responder. Hacía meses que temía esta conversación, pero nunca pensó que la tendría aquí, el mismo día de la inauguración. ¡Louis Bourgès no se lo puso fácil! Desde hacía algunos días, Pauwels comía en el jardín de la enorme propiedad, bajo las enormes sombrillas, «en familia». Bourgès hablaba con Gustave como si fuera su futuro yerno, y nadie se había dado cuenta de la farsa, puesto que los dos hombres mostraban una verdadera complicidad. El rico bordelés nunca tuvo hijos, pero con Gustave se comportaba de manera abiertamente paternal. La madre, por su parte, se deshacía en atenciones y sonrisas; ella que podía ser tan distante, tan fría. Sin embargo, tanto Pauwels como la pareja conocían el final de la historia. Pero al paso de las semanas, Louis Bourgès parecía haber olvidado la realidad de ese acuerdo, e incluso se había permitido dudar: ¿habría cambiado de opinión? En cierto sentido, eso le era indiferente a Pauwels: la pasarela estaba casi terminada, el resto no era más que un asunto privado. Quizá el gran burgués consideraba que ese joven Eiffel sería un buen partido para su hija, quien parecía tan contenta a su lado, tan plena. No, por desgracia… La ausencia de Bourgès el día de la inauguración de la pasarela fue la prueba de que nada había cambiado. Gustave vivía un triunfo que resultaría ser una traición. Ahora le tocaba a Pauwels dar el primer golpe de Jarnac.

Tomó a Gustave por el brazo.

—Venga a sacarse esa foto, Eiffel, se lo ruego.

Pero el ingeniero no se movió. En su boca había una sola palabra:

—Adrienne…

Sin más argumentos, Pauwels soltó el brazo de su arquitecto y masculló con voz lastimosa:

—Lo siento, Gustave…

Eiffel se tensó y se marchó tambaleando hasta la salida de la obra.

27

París, 1887

¡Otro día agotador! Durante el invierno, la lluvia no ayudaba, pero los hombres trabajaban bajo tierra. Con el verano, estar en la obra bajo el sol brillante es como trabajar en medio del desierto. Los obreros tienen que rociarse con agua fresca constantemente, vaciar sus cantimploras, enjugar sus gorras empapadas de sudor. Cuando no está en la obra, Gustave trabaja en la pequeña cabaña detrás del pilar noroeste donde, incansable, verifica todo una y otra vez: los cálculos, las medidas, la secuencia correcta de cada movimiento. Esta torre es el mecanismo de relojería más complejo, un castillo de cartas formidable que la menor imprecisión puede echar por tierra. Es exactamente eso lo que preocupa a los vecinos. Mientras la obra permanecía invisible, aún tenían esperanza. Ahora que la torre ha comenzado a nacer al borde del Champ-de-Mars, ya no pueden engañarse: no hay duda de que existirá este pilón gigantesco que la República impone frente a sus ventanas. Terminará con la hermosa vista sobre los árboles, el horizonte hasta Trocadero o el Colegio Militar. Sin contar que esa construcción hará sombra. Les quitará la luz del sol.

Todos los días, Eiffel es el blanco de los locos que lo imprecan al llegar o salir de la obra. Siempre hay uno o dos contestatarios al otro lado de la reja, con pancarta en mano, para vociferar su cólera. Según esté de buen o mal humor, Eiffel puede ser diplomático o hiriente, pero siempre los despide. Entonces, la gente escribe cartas por millares…

—Hoy hay por lo menos doscientas… —dice Compagnon, preocupado, al tiempo que vacía un costal sobre el escritorio de Eiffel.

Gustave se cambia de ropa detrás de un pequeño biombo; cuando regresa a casa, no le gusta abrazar a sus hijos con la ropa cubierta de lodo y polvo.

—Léeme algunas…

Con los dientes apretados, Compagnon abre la primera carta.

—La farola de la vergüenza…

Gustave ríe mientras se anuda la corbata.

—Nada mal. ¿Otra?

—Una verruga sobre París…

Se encoge de hombros.

—Eso ya lo habían dicho. La gente se copia, qué lástima…

La confianza de Gustave preocupa con frecuencia a Jean Compagnon. El ingeniero no se toma en serio la opinión pública. Cuando termina de abotonarse el saco, Eiffel avanza hacia las cartas y las revuelve con una mueca cómica, como un avaro que amontona sus monedas de oro. Luego, elige una al azar, la abre y comienza a leer. Compagnon lo ve palidecer; la arruga y la tira a la basura.

—No soy muy popular —admite tomando su abrigo de la percha.

—¿Sabes que los vecinos no solo exigen que se detenga la obra, sino que se desmantele por completo todo lo que se ha montado desde hace seis meses?

—No lograrán nada —responde Gustave.

Se pone el sombrero y contempla su atuendo frente a un pequeño espejo.

—No te engañes. Ya hicieron una lista de problemas y peligros, acreditada por matemáticos y geólogos. ¡Hasta dieron la cifra de muertos que habrá cuando la torre se caiga!

Eiffel esboza otra mueca de fastidio; parece no preocuparse por ello.

—Deberías leer los periódicos —insiste Compagnon.

Gustave se tensa al oír este comentario. La prensa… Es cierto que la prensa parisina lo ha respaldado durante mucho tiempo. Gustave creía que Restac era todopoderoso, pero una vez que se lanzó y se validó el proyecto, el periodista tomó distancia. Casi no se han visto desde el año pasado. En cierto sentido, eso le conviene al ingeniero: necesita toda su concentración, toda su fuerza de espíritu para comenzar ese monstruo de metal. Aparte, cuando está con su torre está con ella de cierta manera. Sin embargo, la sola imagen de Adrienne lo hace estremecerse. Por supuesto que piensa en ella; todos los días, saber que está ahí, en París, en la misma ciudad que él, lo tranquiliza y lo inquieta; lo consuela y lo irrita. Pero ¿qué puede hacer? Su juventud está lejos. El dolor debe pertenecer al pasado. Lo único que importa es esta locura arquitectónica, esta verruga, esta farola de la vergüenza… ¡Y unas cartas injuriosas no lo harán desviarse de su misión!

—Además —continúa Compagnon—, Meunier vino a verme: los muchachos quieren un aumento…

Gustave exhala, agotado.

—Sabes mejor que yo que es imposible…

—Amenazan con una huelga… Dicen que arriesgan su vida, ahora que el agua está subiendo.

Definitivamente, no le perdonarán nada.

Gustave abre la puerta de la cabaña y le hace una seña a Jean para que salga y él pueda cerrar con llave. Todos los planos de la torre, incluida la preciosa maqueta, están ahí. No podía permitirse que a ese cortejo de afrentas se sumara un robo.

—Siempre supieron que subiría.

—Saber es una cosa. Pasar los días haciendo malabares es otra…

En un mismo movimiento, los dos hombres alzan la cabeza hacia el enorme andamiaje. ¡La imagen es prodigiosa! Como los cuatro puntos cardinales, los cuatro pilares comenzaron a surgir del suelo. Evocan esos esqueletos de los animales de tiempos pasados, cuyos vestigios no sabemos si provienen de una época mítica, o si son el producto de un científico loco a quien le place inventar el alba de los seres. Como arácnidos, esas cuatro esculturas se elevan hacia el cielo y se detienen a medio camino; muy pronto, se unirán a la perfección para formar el primer piso de la torre. ¡Será hermoso! En ocasiones, a Gustave se le salen las lágrimas. Saber que él, el pequeño ingeniero de Dijon, ofrecerá durante varios años a París, a Francia, el edificio más alto del mundo… eso bien amerita algunas cartas de insulto, ¿o no? Estas protestas son solo las pulgas en la cabeza del león. Nimiedades.

Pero Compagnon siempre le recuerda la otra cara de la moneda: el costo del proyecto.

—No olvides la cláusula del Consejo de París, Gustave: veinte días consecutivos de interrupción y tendremos que desmontar todo a nuestro propio costo, sin solución posible. Así que más nos vale evitar una huelga…

—La evitaremos, la evitaremos —masculla Eiffel, acariciando con ternura una viga de metal.

No quiere pensar nada de eso. Ese es el trabajo de Jean. Él quiere su torre, solo su torre.

—Ah, sí, y otra cosa…

Eiffel empieza a perder la paciencia.

—¿Y ahora qué?

—Tenemos al Vaticano en nuestra contra.

Gustave estalla en carcajadas. Jamás soportó a los beatos; de sus años en el colegio guardaba recuerdos de nalgadas y penitencias.

—Esa es más bien una buena noticia.

—El papa declaró que la altura de la torre era una humillación para la catedral Nuestra Señora de París.

Esa idea alegra al ingeniero, quien llega con paso vivo a la salida de la obra. La temperatura es exquisita; con la noche se refresca, y el cielo de París tiene ese rosa aterciopelado de los crepúsculos de verano.

—El papa debería estar satisfecho: gracias a nosotros, nos acercamos a Dios…

Compagnon a veces se escandaliza por la obstinación de su socio. Cuando Gustave es testarudo, nada puede hacerlo cambiar de opinión. Incluso parece que se vuelve ciego ante ciertas realidades.

—Puedes ser sarcástico, pero todo eso terminará por traernos mala suerte…

Eiffel mira a Compagnon con sincero afecto. Hace ya

tantos años que se conocen y trabajan juntos. Jean sigue siendo el mismo de siempre: ansioso, inquieto, puntilloso.

—¿Ahora eres supersticioso?

—Eres tú quien no entiende, Gustave. Todo París se levanta contra tu torre. Recuerda esa petición de los artistas, los primeros días de la obra, el invierno pasado…

—¡Artistas! Ni que lo fueran…

—Gounod, Sardou, Dumas, Coppée, Maupassant e incluso tu querido Charles Garnier. Sí, a eso llamo artistas…

Gustave Eiffel pierde su ligereza. Si bien las burlas lo tienen sin cuidado, esa petición oficial, tan violenta, que circuló en enero por los medios artísticos parisinos lo lastimó verdaderamente. Algunos de sus viejos amigos, incluyendo a Charles Garnier, denunciaron el proyecto de la torre de trescientos metros. La polémica se había estancado porque el Estado tenía cosas más importantes que hacer debido al aumento de poder del general Boulanger y la crisis franco-alemana, pero en los salones parisinos se había hablado mucho. Una vez más, Antoine se había mostrado discreto, cuando antes se enfrentaba a los opositores…

—¿Qué piensan todos estos «artistas»? ¿Que un ingeniero no sabe hacer algo bello porque lo hace sólido? ¿No comprenden que las verdaderas funciones de la fuerza siempre están en armonía?

—No soy yo a quien hay que convencer, Gustave, sino a ellos…

Diciendo esto, señala un montón de carteles que los contestatarios abandonaron en la banqueta, a la entrada de la obra, porque no tuvieron el ánimo de llevarlos a sus casas.

Gustave se inclina y toma uno: «París no está en venta». Luego, lo avienta junto a otro: «La torre de chatarra».

—¿Qué hace tu amigo Restac? ¿No se supone que él debería ocuparse de todo eso? ¿De la prensa, de la reputación? Te recuerdo que hasta que terminemos el primer piso, todo sale de nuestros bolsillos. Solo después el Estado tomará el relevo de nuestras finanzas…

Ahora, Gustave está pálido. Ha estado evitando esa idea durante semanas. Siempre odió mendigar. Aparte, sabe lo que puede provocar una simple entrevista. Pero ¿tiene otra opción?

—Tienes razón. Voy a hablar con Antoine…

28

París, 1887

¿Tendrán futuro esas máquinas? Desde hace algunos años, se ven cada vez más en las calles parisinas; distraen a los curiosos y asustan a los caballos. ¿Cuántas coces ya han provocado? Y accidentes...

«¡Es el progreso, señor Eiffel!», escucha con frecuencia. Gustave desearía admitirlo, pero esos «automóviles» tendrían que ser más rápidos, más silenciosos y menos imprecisos. Por el momento, son curiosidades técnicas divertidas reservadas para los ricos.

El sueldo de un periodista no debería permitirse un juguete así, pero Eiffel recuerda el departamento de Antoine, en el parque Monceau. Todo ahí parecía producto de una fortuna cómoda, por no decir opulenta. Del mismo modo, ese automóvil, en el que lo lleva a dar un paseo por el bosque de Vincennes, es un lujo entre tantos otros.

—Confiesa que estamos bien —dice Restac mientras se bambolea con las manos fijas en el volante.

Gustave prefiere observar los bellos senderos del bosque en esta mañana de julio. Aún hay un poco de gente, a pesar del sol esplendoroso. Ve aquí y allá a la gente que pasea, a los enamorados que se besan, a las familias que instalan su almuerzo sobre la hierba. Ese parque a las puertas de París es un verdadero bosque, y Gustave piensa que debería venir más seguido. Ya que es asiduo del bosque de Boloña, Vincennes le parece menos encorsetado. Los pocos peatones que los advierten se alejan corriendo, alarmados, mientras que en Boloña los automóviles son más frecuentes.

—¡Caramba! —exclama un chico a su compañero.

Ambos señalan el coche con el dedo, sin comprender de qué se trata.

Restac se sonroja de orgullo y le sonríe a Eiffel. De hecho, es la primera vez que le sonríe sinceramente desde que volvieron a encontrarse. Hasta ahora, Antoine se ha mostrado frío, y solo habla de su coche. Eiffel quería verlo en su casa, pero Antoine le había propuesto que se reunieran en la plaza de la Nación. Muy a su pesar, Gustave sintió un aguijonazo en el corazón. Del mismo modo, se sintió decepcionado al no ver la silueta de Adrienne cuando el auto apareció al borde de la gran plaza circular. Pero ¿por qué lo habría acompañado? Eiffel fue claro cuando dijo que debían hablar de su trabajo, de sus proyectos.

Desde el momento en el que le dijo que subiera al automóvil, Antoine se había mostrado frío, casi hostil. Gustave es demasiado orgulloso como para preguntarle la razón. ¿Adrienne habrá dicho algo? Eiffel está seguro de que no es así. Es más, ¿decir qué? ¿Evocar un viejo amorío de hacía treinta años? ¿Para qué despertar los malos recuerdos? Una vez más, Gustave piensa que Restac solo cambió de capricho: Eiffel y su torre ya no lo divierten. Sin embargo, el ingeniero necesita al periodista. Hoy más que nunca.

—Nadie quiere invertir un centavo en tu torre —dice Restac para ponerlo en su sitio, una vez que Gustave termina de admitir sus problemas—. Tendrás que terminar con tu propio dinero…

—¿En verdad crees eso?

—Todos le tienen miedo al escándalo…

Esa palabra le parece absurda.

—¿Qué escándalo? No hay ningún escándalo.

Restac voltea a ver a Eiffel y dice con un tono casi alegre:

—Podríamos decir que pusiste a todo el mundo en tu contra…

—Los bancos me dan la espalda —admite el ingeniero.

—Sabías desde el principio que era arriesgado.

¿Por qué esa frialdad? ¿Ese evidente rechazo a ayudarlo? Con algunos artículos, la opinión pública podría sin problema recuperar las sonrisas. Las personas son como ovejas…

—Estoy sobre la cuerda floja, Antoine. Si tenemos el menor problema en la obra, la empresa quebrará…

Restac hace una mueca fatalista, mientras frota el volante como si quisiera lustrarlo, satisfecho de su brillo.

—Te lo concedo, es lamentable…

Definitivamente, Antoine es sordo cuando le conviene. Pero Gustave no quiere darse por vencido. Fingiendo la misma tranquilidad, deja que su mirada se pierda en el bosque. Incluso advierte a una pareja abrazada que sale de una arboleda y vuelve a desaparecer en ella al instante.

—¿Puedes hacer algo? —se atreve a decir.

Restac sigue con la mirada fija en el camino, sin parpadear, como si acabara de ver a un espectro.

—Puedo hacer muchas cosas —dice con voz monótona, como un médico que da una mala noticia.

Gustave se estremece.

Cuando se dispone a insistir, el coche se detiene bruscamente.

—¡Mierda! —exclama Restac. Salta del coche y examina el motor, sin esperanza—. Estas máquinas todavía no son perfectas…

Gustave baja y trata de ayudarle. Pero no sabe nada de esta mecánica automotriz.

Una nube pasa en ese momento frente al sol y cambia la atmósfera del lugar. Los árboles se vuelven menos amistosos, el aire más amenazador. Sobre todo, ya no hay ni un alma a su alrededor.

—No te preocupes —dice Antoine con voz siniestra—, si nos encontramos con unos maleantes, tengo lo que necesitamos…

Con estas palabras, abre una solapa de su saco y Gustave ve la culata de una pistola…

—¿Te paseas con eso?

Restac no responde, pero fija la mirada en Gustave con una intensidad agresiva; después, vuelve a sumergirse en las entrañas de su automóvil.

—Ah, creo que sé lo que ocurre…

—¿Crees que vuelva a arrancar? —dice Eiffel preocupado.

Antoine se encoge de hombros y le pasa una manivela al ingeniero.

—Eso espero. Vamos a intentarlo… Tú dale vuelta, yo voy a tratar de encenderlo.

Gustave constata lo difícil que es operar estos automóviles. Debe hacer girar la manivela, insertada en la parte delantera del coche, una buena quincena de veces; casi se le disloca el hombro. Cuando al fin el motor se enciende,

Eiffel jadea, el brazo le arde; retrocede a tropezones para dejar que el coche avance.

Curiosamente, Restac no aminora la marcha.

—¡Antoine, espérame!

Por el contrario, el coche acelera sin que su conductor siquiera se digne a mirarlo.

Gustave podría alcanzarlo, pero ¿para qué molestarse?

Ahora todo está claro: Antoine de Restac lo *sabe*.

29

Burdeos, 1860

Ahí estaba Bourgès, plantado sobre la escalera de entrada de su casa, como un ogro frente a su castillo. Sabía que Eiffel vendría y tendría que interpretar su papel, sin la menor satisfacción. Aún temblaba al pensar en la escena de la noche anterior con Adrienne. Pero no era el momento de demostrar debilidad. Ahora ya era demasiado tarde. El accidente había sucedido y no había manera de dar marcha atrás.

De pronto, la transacción financiera del acuerdo con Pauwels parecía tan trivial, casi obscena, comparada con lo que había pasado. Si Bourgès le había dado vueltas al asunto desde hacía tiempo, los sucesos lo arrinconaban a tomar una decisión dolorosa, pero seguía siendo la más razonable. Sin contar con que Adrienne merecía más. Era su única hija y no sería este Eiffel quien se haría cargo del negocio, las propiedades y, por supuesto, el rango de los Bourgès en la sociedad bordelesa. Por encantador que fuera —y ahora Louis de Bourgès se reprochaba haberlo recibido como un hijo—, un ingeniero era un nómada: jamás se quedaría quieto. Adrienne merecía mejor vida que Penélope. No por ello el gran burgués se sentía menos inquieto, tenso, puesto que las imágenes de la noche anterior volvían a su memoria. El íntimo sufrimiento de Adrienne… ¡Ningún hombre debería imponer eso a su propia hija! Sin embargo, tenía que ser fuerte; incluso tendría que mostrar su rostro más hostil…

La silueta de Eiffel apareció frente a la reja; la abrió y avanzó por el sendero central.

El ingeniero había corrido tanto que ya no podía gritar. En su cabeza todo se arremolinaba, se atropellaba, y él ya no buscaba la lógica. Solo importaba una cosa:

—A… Adrienne…

El nombre salió con una voz aguda y Gustave tuvo que detenerse a medio camino, doblándose en dos a la mitad del sendero para recuperar el aliento.

Bourgès se había quedado como la estatua del Comendador.

Eiffel se irguió, se sacudió la ropa, que su carrera a través del campo había cubierto de briznas de hierba, y se obligó a avanzar hasta el pie de la escalinata.

La escena era tristemente simbólica. Bourgès permanecía en lo alto de la escalera, como un vigía. Y Gustave levantaba la mirada hacia él.

—¿Dónde está Adrienne?

El hombre corpulento miraba a lo lejos, como si algo acechara en el lindero del gran jardín. Una actuación lastimosa: hacía todo por no mirar a Eiffel.

—¿Dónde está Adrienne, maldita sea? —exclamó Gustave subiendo el primer escalón.

—No está aquí. Se fue…

De una zancada, Gustave Eiffel se paró frente a él, pálido, y Bourgès no pudo evitar retroceder.

—¿Se fue? Pero ¿qué…? ¿A dónde?

Bourgès había anticipado esta escena miles de veces, pero desde ayer la temía. Había esperado que Pauwels hiciera el trabajo, que le evitara este calvario. Y por si fuera poco, Georges, el mayordomo, pasaba frente a la casa.

—Buenos días, señor Eiffel —saludó con una sonrisa alegre—. ¡Y felicidades por la pasarela!

Pero Bourgès le hizo una seña para que se marchara, y Georges volvió por donde había venido.

—¿A dónde? —insistió Gustave, que avanzaba hacia el gran hombre con paso amenazador.

—De viaje. Esta mañana. Con amigas.

Eiffel no podía creerlo. Hasta antier, cenaba aquí para que todos juntos hablaran de la boda.

—No… no comprendo… —dijo al fin Gustave, cuya rabia cedía ante una profunda tristeza.

—Desde el primer día, usted no ha entendido nada.

El tono de Bourgès era horriblemente neutro, como un secretario judicial en un tribunal. Si no fingía ese tono, se arriesgaba a derrumbarse.

Eiffel volvía a ver al hombre de negocios frío que había conocido cuando inició la obra.

—Se dejó engañar, como todos los demás —continuó Bourgès con condescendencia forzada—. El juego ya no la divierte, eso es todo…

—¿El juego?

Bourgès fingió sentirse desolado y compasivo; incluso apoyó una mano sobre el hombro de Gustave.

—Ella ya no quiere casarse, pero no tuvo el valor de decírselo…

Eiffel se soltó con violencia. ¡Adrienne no podría haberlo hecho! Ella nunca hubiera traicionado su juramento.

O le hubiera dicho la verdad a Eiffel. Y el honor y el orgullo de Bourgès no le permitían hacer eso.

—¡No! —gritó Eiffel—. ¡Eso no es verdad!

Su grito llamó la atención de varios sirvientes a los que Bourgès vio aparecer en la esquina de la casa o al borde de las ventanas del primer piso.

—¡Adrienne! —gritó Gustave poniendo las manos alrededor de su boca como megáfono—. ¡ADRIENNE!

Bourgès hizo otra seña a sus empleados para que desaparecieran, cosa que hicieron con mirada inquieta, porque la desesperación de Gustave era tangible.

—Ella no está aquí, le digo… Tal vez quiera inspeccionar la casa.

Gustave comprendió que era inútil. ¡Pero no quería creerlo! Adrienne no podía desaparecer así, sin una palabra, como un fantasma.

Bourgès estaba exhausto. Todo eso debía terminar.

—Bueno, váyase, salga de aquí. Ya se lo dije: el juego se acabó…

Esa frase fue demasiado. Preso de furia, Gustave se abalanzó sobre Bourgès con rabia torpe. El otro no se lo esperaba pero, a pesar de su edad, le sacaba dos cabezas al ingeniero. Con un simple movimiento del brazo le dio un empujón a Eiffel, quien dio unos pasos hacia atrás, perdió el equilibrio y cayó a tumbos hasta el pie de la escalera.

Su frente golpeó con fuerza el filo del escalón y su rostro se aplastó contra la grava. Cuando se levantó, jadeando, con los ojos inundados de la sangre que fluía de la cabeza, Bourgès no se había movido. Desde lo alto de la escalera observó al ingeniero con un desdén glacial y entró a la casa.

—Debe irse, señor Eiffel —dijo el viejo Georges mientras ayudaba a Gustave a levantarse.

—Adrienne… —murmuró de nuevo el joven que apenas podía mantenerse de pie.

—La señorita no está aquí —explicó Georges desolado.

Gustave le sonrió al sirviente con una especie de mueca; este lo miraba con compasión.

—No importa, la esperaré…

30

París, 1887

—¿Quieres un té?

—Gracias, ya tengo.

¿Cuántas veces había hecho esta pregunta? ¿Cuántas veces ella le había dado la misma respuesta? ¿Pero no es esa la esencia misma de una pareja? ¿Acaso no se trata de un sistema establecido por el mimetismo social desde que el hombre camina erguido? A pesar de las guerras, las epidemias, la ciencia, una pareja siempre será solo una pareja. Por supuesto, los hijos hubieran cambiado la situación. Ellos son la parte de incertidumbre, de sorpresa, que puede hacer que una familia esté en el paraíso o en el infierno. Pero Adrienne tuvo el accidente y Antoine tuvo que conformarse.

—No podemos tener todo, mi amor… —le decía él a veces para tranquilizarla cuando ella veía pasar a madres abrazadas de sus hijos desde la ventana, en los senderos del parque Monceau.

—Sin duda…

—Vivimos en un lugar magnífico, nunca nos faltará nada, conocemos a personas apasionantes. Y nos amamos desde hace más de veinte años…

Ante esta sucesión de evidencias, Adrienne no tenía más que asentir, porque su marido tenía razón. Pero en ocasiones sentía un extraño vacío que la tomaba por sorpresa y la sofocaba. Ella se lo adjudicaba a su cicatriz, cuyos dolores iban y venían a pesar de los años.

Por otro lado, Gustave había vuelto…

Ella sabía que Antoine y él se habían conocido cuando eran estudiantes, pero rápidamente ocultó ese detalle. Tenía que olvidar todo de él, era su vida anterior. Cuando ella todavía tenía a su familia, su inocencia, un cuerpo y un corazón puros, sin ninguna herida. Y lo olvidó, con el tiempo, porque Antoine jamás hablaba de él.

Por desgracia, la torre había cambiado todo. Volver a verlo; descubrir su desconcierto desde la primera mirada; saber que era viudo, libre, mucho más luminoso que antes; comprender sobre todo que era una puerta de salida, una posibilidad en otra parte, una vida distinta a esa comodidad asfixiante a la que estaba amarrada desde hacía un cuarto de siglo.

Pero Adrienne sabe que solo son sueños hermosos. Está la gente, la vida, la reputación consolidada por el paso del tiempo.

Y también está ese marido a quien amó sinceramente, a cuyo amor se aferró como a un salvavidas para no hundirse en el fondo del río.

¿Antoine la ama todavía?

Está ahí, frente a ella, sumergido en sus periódicos…

El amor es una ciencia tan confusa. Cuando se cubre de rutina, pierde su sabor. Pero ¿no es eso lo propio de toda unión que dura? El corazón no puede latir con fuerza todo el tiempo, los sentidos no pueden permanecer en vigilia, el deseo no puede arder todo el tiempo. Ahora, su hermoso prometido es un viejo marido junto al que se despierta cada día desde hace ya un cuarto de siglo, y quien cada mañana le ofrece un té, aunque ella ya se haya servido.

Adrienne examina a Antoine como si faltara algo. Con la frente inclinada sobre *Le Figaro*, lee las noticias, pero algo ha cambiado.

Ella se dio cuenta de inmediato de que él tenía sospechas. Desde la primera noche en casa de Lockroy, el año pasado, Antoine se mostró sorprendido.

—¿Viste cómo te miraba?

—Eso debería halagarte: los hombres todavía me encuentran atractiva.

—No es eso. Es como si te conociera…

—Nunca había visto a ese hombre, Antoine.

—Lo sé, pero quizá él te conocía…

Un comentario extraño al que Adrienne no puso atención. Lo esencial era no mostrar nada. Antoine nunca supo de ese amor de juventud y del drama que siguió. Conoció a Adrienne cuando ella había cortado su relación con sus padres, y convalecía después del accidente. Hacía ya veinticinco años que había logrado mantener ese recuerdo bajo llave. Pero si ahora Gustave regresaba y lo recibían en su hogar como a un amigo, ¿sería capaz de fingir indiferencia?

A decir verdad, aparte del día del concurso y de la fiesta en el jardín del ministerio, no se habían vuelto a ver. El día que bailaron el vals, Adrienne advirtió la mirada de Antoine: es obvio que se dio cuenta de algo, aunque fuera por instinto. Con el tiempo, las parejas se intuyen, se conocen. Pero él no dijo nada, porque era el final de su «misión» al lado de Eiffel. Ahora ha pasado más de un año. Sin embargo, Adrienne piensa en Gustave todas las noches…

—¿Ya viste? —comenta Antoine levantando la cabeza de su periódico—. ¡Se está poniendo violento el asunto de la construcción de la torre!

¿Restac está buscando provocar a su esposa?

Ella responde con un evasivo «ah, sí», pero él no deja de examinarla en busca de una reacción.

—Hicieron una huelga —dice enseñándole el periódico.

Adrienne ve una fotografía de los obreros, sentados frente a los pilares inconclusos, mientras comen sus sándwiches.

Ella permanece impasible, pero su corazón empieza a latir con fuerza. Le desconcierta menos lo que lee que la extraña insistencia de Antoine en hacerla reaccionar.

—Pobre Gustave —dice en tono cómico—. En verdad está entre la espada y la pared… Este asunto podría acabar con su torre.

—¿Y por qué?

Adrienne respondió tan rápido que Restac entrecierra los ojos, intrigado.

—Si la obra se interrumpe más de cierto número de días, eso rompe el acuerdo con la ciudad de París y con el Estado, y tendrá que desmontar todo… ¡Estará arruinado, el Poeta del Metal!

—¡Parece que eso te divierte!

Lo dice en un grito, furiosa por el tono burlón de su marido.

—¡Y tú! Parece que te conmueve verdaderamente, Adrienne. ¿Puedo saber por qué?

La esposa se pone pálida, su marido nunca antes había sido tan directo. Siente que su cabeza va a estallar. Como si alguien más hablara por su boca, empieza a balbucear, y luego explica que eso sería muy injusto. Un proyecto tan bello. Una aventura tan hermosa.

—Además, tú también ayudaste, Antoine. Sin tu apoyo, esto jamás hubiera sido posible. Pero hoy parece que su fracaso te alegra, como si lo abandonaras...

—Yo no apoyo ni abandono a nadie —dice en tono glacial—. Cada uno es responsable de su caída, al igual que de sus actos.

De nuevo mira con insistencia a su esposa, atento a la más mínima reacción. Pero ella se vuelve a servir té y le ofrece un poco a su marido.

—Gracias, ya terminé...

Como si estuviera decidido a torturarla hasta el final, Antoine retoma el artículo y señala una línea, en la parte inferior de la última columna.

—Además, creo que su caída ya comenzó.

Adrienne no responde y bebe su té.

—Aunque no lo creas, desapareció.

—¿Desapareció?

—Nadie sabe dónde está. Hace ya tres días que no va a la obra; se marchó después de un violento altercado con los huelguistas. Incluso su hija desconoce su paradero...

Adrienne no puede más. Saber que Gustave está solo, acorralado, al borde de la ruina, mientras que su propio marido se deleita con ese fracaso...

Ella se levanta y arroja su servilleta sobre la mesa.

—¿Por qué eres tan cruel, Antoine?

Restac la mira con un alivio amargo.

—No soy cruel, te lo aseguro. Pero tú pareces estar muy afligida. No nos importa ese pobre chatarrero, ¿o sí?

Es la gota que derrama el vaso.

Sin una sola mirada a su esposo, Adrienne se dirige rápidamente hacia la entrada y toma su abrigo.

—¡Adrienne! ¿Adónde vas?

—¡A Burdeos!

Cuando Restac llega a la entrada, su mujer ya cerró la puerta de golpe. Se deja caer en un gran sillón, derrotado, incrédulo y triste.

—¿A Burdeos…? —repite aturdido.

31

Burdeos, 1860

Adrienne estaba tan contenta que hubiera podido llorar de alegría. Bailaba en su recámara, se miraba en el espejo, respiraba a pleno pulmón el aire pesado de ese final de verano, guiñando el ojo a los pájaros, a los árboles, a las nubes, a toda esa naturaleza que parecía festejarla. La vida era verdaderamente bella. ¿Por qué no admitirlo? Además, tenía mucha suerte, eso también había que reconocerlo. Incluso tendría que «dar las gracias», para usar la expresión del padre Delacroix, que a menudo venía a comer a casa de sus padres después de misa, ¡y vaciaba una botella de vino de Pessac él solo!

—Adrienne, el Señor la ha mimado, nunca olvide dar gracias…

Y la joven daba gracias a su manera. Al sonreír ante la belleza del mundo, ante el encanto de la naturaleza, ante su alegría de existir. Todo era perfecto desde hacía algunos meses. Se iba a casar con el hombre que amaba justo cuando estuviera terminando su primera obra maestra.

—Adrienne, exageras…

—¡No! ¡Esa pasarela es una obra maestra! Aparte, todo mundo lo dice, empezando por mi padre.

—Espero hacer cosas mucho mejores.

—Lo harás mejor, cada vez mejor. Porque yo estaré a tu lado, como una musa.

Frente a esas fanfarronadas, Gustave reía de buen grado, pero sabía que Adrienne era sincera. Ella mostraba una admiración sin límites hacia su prometido, y sentía que él estaba a punto de comenzar una carrera triunfal.

Mañana, exactamente a la misma hora, ella le daría la mano cuando el alcalde de Burdeos cortara el listón. Toda la ciudad estaría ahí para la inauguración. Estaría la prensa, la gente importante. Y todos los verían uno al lado del otro, tomados de la mano, como si bautizaran a su primer hijo. Solo era una pasarela de metal, pero Gustave le había consagrado su vida, su energía, todas sus fuerzas. Además, sin ella, sin esta magnífica estructura, nunca se hubieran conocido. Ese puente era, pues, su amuleto de la buena suerte.

Mientras se ponía un vestido frente al espejo, Adrienne se sentía indecisa. ¿Era una buena elección? ¿No debería ponerse algo más sencillo? ¿O más colorido? ¿Cómo debía vestirse para una inauguración?

Sale de un salto al pasillo, hasta la escalera, gritando:

—¿Mamá? ¿Papá?

Los Bourgès estaban en el comedor, terminando el desayuno.

—¿Siguen en la mesa? Yo ya no puedo tenerme quieta. Tengo la impresión de que es *mi* pasarela la que se inaugura mañana.

Los padres se miran uno al otro, en silencio, sus rostros son particularmente serios.

—Necesito un consejo para el vestido —dice ella girando sobre sí misma como un trompo—. Mamá, ¿qué le parece?

La madre logró sonreír, pero le pidió a su hija que se sentara, porque la estaba mareando.

Louis Bourgès también se esforzó por adoptar una expresión cortés, pero solo logró hacer una mueca.

Adrienne se encogió de hombros. Con frecuencia, sus padres tenían mal genio, pero ese día era imposible que ensombrecieran su felicidad.

—Tengo una idea —dijo mirando por las ventanas abiertas hacia el parque—. Me gustaría que nos casáramos en Florencia. Parece que es muy bello, muy poético. Ustedes ya han ido, ¿verdad?

Bourgès abrió un periódico sobre la mesa, como si no hubiera escuchado nada. Por su parte, la esposa se levantó y fue a cerrar la ventana.

—Esta mañana está mas fresca, ¿verdad? Se siente que el otoño no está lejos —comentó, con un tono horriblemente falso.

Adrienne no comprendía nada. No solo hacía un calor sofocante, sino que sus padres parecían decididos a ignorar sus preguntas.

—¿No tienen nada que decir? —agregó Adrienne haciendo tintinear una cucharilla de plata contra la jarra llena de jugo de uva—. Mamá, una boda en Florencia, ¿qué le parece?

Los padres sabían que ese momento llegaría. Se habían preparado. Pero siempre pospusieron esa eventualidad, como si no quisieran pensar en ello. Sin embargo, hubieran tenido que ensayar, porque ahora parecían desamparados, casi adormecidos frente al alcance de esa tarea. Nadie le rompe el corazón a su hija sin estremecerse.

—Adrienne, querida —empezó la madre, incapaz de terminar su frase, con el rostro inundado de lágrimas.

A Adrienne le sorprendió esa súbita desesperación. Su madre solía ser muy distante. De la pareja Bourgès, el padre era el más sentimental, el más cariñoso. La esposa siempre guardaba la compostura; a veces, incluso sentía una punzada de celos porque Adrienne era el sol de su marido. Eran tantos los pequeños detalles que Adrienne no advertía, pero que cimentaban la relación de los tres.

—Oh, mamá, ¿qué pasa?

La joven sintió miedo. Miedo de su madre, de que le hubiera pasado una desgracia, algo que le hubieran ocultado. Se levantó para abrazar a madame Bourgès y acariciarle el cabello, como se consuela a un niño. Para los padres, esta reacción hacía todo más doloroso. Detrás de una cortina de lágrimas, la esposa le pasó el relevo a su marido. Bourgès se aclaró la garganta, se recargó en el respaldo de su asiento, y cruzó las manos sobre su vientre redondo.

—No habrá boda, Adrienne. Ni en Florencia ni en ningún lado…

Adrienne no había escuchado nada. Las palabras llegaron a sus oídos, pero todo en ella las rechazaba. Esa frase era imposible. Peor: era antinatural.

El padre luchaba por mantener su hostilidad, por parecer aún más odioso de lo que era, porque veía a su hija desmoronarse.

—Pero, papá… la pasarela se inaugura mañana… todos estaremos ahí para festejar a Gustave… ahora es familia. *Mi* familia…

Bourgès sacudió ligeramente la cabeza, con la mirada fija en el pan tostado en el que la mantequilla se había fundido de forma extraña.

—Lo pensamos bien tu madre y yo… No puedes casarte con ese hombre…

No, Adrienne no soñaba. No era una ilusión. Sus padres no estaban actuando nada; lo decían en serio, incluso lo habían reflexionado. Y sin duda desde hacía mucho tiempo. Quizá desde el principio, ¿quién lo sabía?

—¿«Ese hombre»? —repitió, haciendo tambalear y caer una silla, cuya pintura se descascarilló en pequeños pedazos blancos por el golpe.

—Francamente, querida —dijo su madre después de tragar saliva—, te mereces algo mejor que él. En el fondo lo sabes. Él no es… Nosotros no somos… En fin, ya sabes qué quiero decir.

¡Ah, claro! ¡Lo sabía! Lo veía muy bien. Pero quienes sabrían serían sus padres; serían ellos quienes lo sabrían.

Se colocó frente a la mesa, erguida, con la rigidez de una estatua, como preparada para un duelo. Su mirada los desafiaba y los Bourgès se sintieron aún más desamparados. Este día era una pesadilla.

—De «ese hombre»… espero un hijo.

Madame Bourgès sofocó un grito de horror y su marido cerró los ojos, durante mucho tiempo, como si ya no quisiera tener que ver más con esa historia.

—No es cierto —dijo finalmente, poniéndose de pie—. Mientes, Adrienne…

Adrienne se mantuvo tranquila. Incluso le sorprendió poder permanecer tan impasible, a pesar del dolor que le causaba esa conversación. Sus padres no esperaban esa noticia.

—Sí, estoy embarazada. Gustave aún no lo sabe, pero se lo diré mañana, después de la inauguración de la pasarela. Esa será mi sorpresa. Mi… regalo de bodas…

Bourgès explotó:

—¡Ve a tu recámara! ¡De inmediato!

Entonces, vio en la mirada de su hija un brillo aterrador. ¿Sería locura, resignación, temeridad? ¿O solo una voluntad inquebrantable?

De un salto se abalanzó hacia la puerta de vidrio, la abrió de par en par y se precipitó al exterior.

—Adrienne, ¿adónde vas? —gritó su madre.

El padre estaba paralizado, como si no supiera qué hacer.

—¡Louis! ¡Ve a buscarla, te lo suplico! Sabes bien que es capaz de todo.

Sí, Bourgès lo sabía. Incluso le aterraba lo que pudiera pasar a partir de ese momento. Moviendo el enorme esqueleto, reunió todas sus fuerzas y salió corriendo al parque.

32

París, 1887

A Adrienne le gusta caminar sola por París. Salir a la aventura, no saber a dónde la llevarán sus pasos, no tener que rendirle cuentas a nadie. En su vida tan organizada, tan minuciosa, siempre ha procurado conservar esos momentos de libertad, aunque su marido no lo vea con buenos ojos. No es que tema que ella vaya a reunirse con otros hombres, pero a Adrienne le gusta explorar zonas menos seguras que los jardines del parque Monceau. Con frecuencia llega hasta el borde de las fortificaciones, a las alturas de Belleville o a los callejones del mercado de Les Halles. Pero nunca ha tenido malas experiencias, como si estuviera protegida. Sin duda las personas leen en el rostro de esta bella mujer de ojos felinos que ella no es del todo de este mundo, que viene de fuera y volverá a su lugar, que ella es otra persona. ¿Pero quién? Ni siquiera Adrienne de Restac lo sabe; hace ya mucho tiempo que siente que vive una vida paralela, que desvió su destino aun cuando ya estaba todo definido, que tomó un camino transversal para perderse en el bosque de sus propias contradicciones. Sin embargo, hoy le parece estar caminando hacia atrás. No es que retroceda, sino que cree, en lo más profundo, que al fin encontró la ruta que lleva a su pasado, a ese claro maravilloso que jamás debió (y jamás quiso) abandonar. Una extraña certidumbre que la hace avanzar con el rostro despejado y los ojos más grandes que el mundo. Nada le dice que Gustave estará ahí. Hace ya más de un año que, al terminar ese vals en el Ministerio de Comercio, él le murmuró esa dirección, como un secreto. La pensión de Las Acacias, rue des Batignolles. Nunca la olvidó. Especialmente porque no está lejos de su casa. Solo tiene que caminar por el bulevar, pasar las vías del tren y doblar a la izquierda, a ese pequeño barrio tan diferente del suyo. Aquí no hay bellos edificios, mansiones ostentosas, tiendas lujosas. Es el París popular que describe Zola en sus libros (y mientras que Antoine lo detesta, Adrienne devora cada uno de los volúmenes que publica). Un barrio de artesanos, comerciantes, casuchas endebles, calles encharcadas, niños con gorras, chicos malos que te miran de reojo, patios traseros tenebrosos y ventanas sin vidrios. Y, a pesar de todo, contiene energía, sencillez, una alegría de vivir que ella jamás encuentra en las avenidas ordenadas, tan rectilíneas, tan impecables de Monceau.

—Disculpe, señora, busco la pensión de Las Acacias.

La anciana mira de arriba abajo a la gran burguesa. Después, entrecierra los ojos con una mueca traviesa.

—Una hermosa mujer como usted, ¿en casa de madame Goula? ¿Es en serio?

—¿Conoce el lugar?

La pequeña señora se encoge de hombros y aprieta los dedos alrededor de una canasta que rebosa de verduras.

—Por lo que sé… es la casita metida ahí en la calle, abajo, a la derecha. ¿Ve la reja y las ramas? Ahí es…

—Gracias, señora.

—No me agradezcas tan pronto…

¡Qué mujer tan curiosa! Pero Adrienne está acostumbrada a cruzarse con personas extrañas en sus paseos solitarios.

Las Acacias es una casita encantadora que parece salida del campo. Sin duda es un vestigio de las primeras épocas de este barrio, cuando era un pueblo alejado de París, en las alturas que dominaban el valle del Sena. Una reja oxidada, un jardincillo salvaje, las flores en macizos, un rosal que corre sobre la fachada y encuadra la puerta, y ese cartel: LAS ACACIAS, PENSIÓN FAMILIAR.

¡Nada de qué inquietarse! Esa mujer habrá querido asustarla, pero no lo logró.

Adrienne toca y espera mucho tiempo, hasta que una voz quejosa lanza un «ya voy, ya voy» y la puerta se abre.

¿Qué edad tenía madame Goula? Adrienne no podría decirlo. Parece una bruja maquillada para ir al baile. La mujer se aparta para dejar entrar a Adrienne, quien ingresa en un vestíbulo cuyas paredes están cubiertas de pinturas indecentes.

—Mi marido era artista —se disculpa la patrona—, como no valen nada, las conservé. Murió durante la Comuna…

Adrienne fuerza una sonrisa y observa el pequeño salón al que llega el vestíbulo. Ahí advierte a una decena de personas, hombres y mujeres de todas las edades, que juegan a las cartas o leen en silencio.

—Si quiere una habitación, no hay ninguna disponible…

—No quiero una habitación, quédese tranquila.

—No tengo necesidad de que me tranquilicen.

Esta mujer sin duda no es muy agradable.

—Vine a ver al señor Eiffel.

—¿Al señor qué? —pregunta la patrona inclinado la cabeza hacia un lado, como un perro viejo que no entiende.

—Eiffel…

—Ah, no se aloja aquí…

—¿Y un señor… Bonickhausen?

El rostro de la anciana se ilumina de pronto y pierde su hostilidad.

—¿Habla del señor Gustave?

El corazón de Adrienne da un brinco.

—¿Está aquí?

—De que está, está. Es uno de nuestros clientes más frecuentes. Generalmente viene de noche, siempre solo, y se la pasa soñando en la ventana como si esperara a alguien.

Adrienne se estremece.

—Pero hace ya tres días que está aquí, es la primera vez que se queda tanto tiempo. Ni siquiera se ha movido de su habitación. Me pidió que dejara los alimentos frente a su puerta, pero casi no come. Espero que no esté enfermo. —Madame Goula se tensa; teme haber dicho demasiado—. Al menos, ¿usted es una mujer honorable? Mi casa es decente, ¿sabe?

—No se preocupe, yo soy su hermana —improvisa Adrienne.

—Ah, bueno, si es así… —Se ruboriza la patrona—. Ya pensaba yo que tenían un aire de familia.

Después, señala una pequeña escalera al otro lado de la entrada.

—La dejo subir: es en el segundo piso a la derecha. Habitación número 16.

—Gracias, señora…

Adrienne permanece mucho tiempo frente a la puerta. Las dudas la asaltan. ¿Es el camino correcto, el momento que tanto ha esperado desde hace veinticinco años? ¿O más bien una nueva ilusión, una enésima broma del destino? Pero a Adrienne Bourgès nunca le ha gustado retroceder. Incluso toma la delantera y entra sin llamar a la puerta…

El olor le salta a la cara. Un humo agrio en el que se mezclan tabaco, alcohol y el fuerte aroma del cuerpo de un hombre que se marchita.

La habitación está tan oscura, con las persianas cerradas y las lámparas apagadas, que sus ojos deben acostumbrarse.

Después, ella lo ve.

Más bien, percibe el resplandor de su cigarro, como una luciérnaga en el crepúsculo. Luego, ve su silueta postrada en ese enorme sofá, rodeado de botellas vacías esparcidas en el suelo.

En este momento, algo la asusta, como si lamentara haber venido. ¿No hubiera sido mejor conservar la pena, la nostalgia, con esos prodigiosos recuerdos que le habían permitido vivir hasta ahora? Demasiado tarde: ha llegado muy lejos. Es el otro Eiffel al que tiene ante sus ojos: un hombre débil, desequilibrado, enmarañado, cuya mirada finalmente logra distinguir a pesar de la penumbra.

—Gustave —murmura con voz temblorosa.

Una pequeña risa triste.

—Acabaste por venir. Qué bien…

Intenta ponerse de pie, pero no tiene la fuerza para hacerlo. Ella ve su silueta que se separa del sofá pero que vuelve a caer, prisionera.

Con un cerillo, le vuelve a dar vida a su cigarro. Cuando se enciende la flama, Adrienne ve su rostro agotado, pero percibe también la dulzura de su mirada, en la que se lee la alegría de encontrarla aquí y la tristeza de esos años que pasaron alejados uno del otro.

—Recordé el sitio, ya ves —dice con un tono que desea que sea ligero.

Luego, se arrodilla frente a él.

—Me tomó un año…

Gustave frunce el ceño y sacude la cabeza de izquierda a derecha.

—No, Adrienne. Debiste venir hace veinticinco años…

Adrienne quisiera responder, pero las lágrimas le impiden hablar.

33

Burdeos, 1860

Tenía que dejar de pensar. Dejar de reflexionar. Seguir respirando. Correr sin tropezar. Sobre todo, tenía que huir. Huir de esas personas, huir de esa casta, de esa arrogancia, de esa estupidez. ¿Ella merecía algo mejor, entonces? ¿Qué merecía, exactamente? ¿Un gran burgués curtido en su respetabilidad, como su padre? ¿Para apagarse poco a poco, con el paso de los años, en el aburrimiento y el esplendor de esa vida burguesa, como su madre? ¿Asfixiarse en las reglas, en los principios, en los desayunos con gente importante, en los banquetes y las celebraciones municipales; en toda esta existencia provinciana tan alegre como el fondo del Garona? ¡Jamás! Pero para escapar de todo eso había que correr. Correr hacia la reja del jardín que era el último obstáculo antes de su libertad.

—¡Adrienne! —rugió su padre, aún estaba muy lejos de ella.

Ella se obligó a continuar sin mirar atrás y, sobre todo, a sostener su paso. Había que mantener la distancia. No podía correr el riesgo de que la atrapara. El gordo Louis Bourgès jadeaba sobre el pasto, y al cabo de cinco metros tuvo que detenerse para recuperar el aliento.

La sangre trepidaba en la cabeza de Adrienne hasta quemarle el cerebro. El sudor inundaba su rostro. Ni hablar de esa náusea que la había abrumado desde hace algunos días. Pero eso era su sol. La hermosa sorpresa que le daría a Gustave mañana. O incluso esta noche.

Ahora que huía, ya nada podría separarlos. Se refugiaría en casa de él. O en la cabaña de la obra, donde tenían sus recuerdos más hermosos. Sus padres no podrían decir nada: ella ya no era una niña, y Gustave sabría enfrentarlos. Gustave: su hombre, su amor, su héroe.

Al llegar a la reja, perdió la esperanza.

—Cerrada… —Jadeó al tiempo que sacudía la puerta cerrada por una gran cadena.

Georges la abría todas las mañanas. ¿Por qué no hoy? ¿Por qué sombría casualidad, precisamente esta mañana, no vino a abrir la entrada del jardín?

—No tengo opción —murmuró, y empezó a escalar la reja.

—¡Adrienne! ¡No hagas una tontería —gritó su padre.

Ella escuchó cómo su paso se aceleraba… Se estaba acercando.

Ya estaba a medio camino. Si subía un poco más, llegaría a la cúspide de la reja. Pero era ahí donde debía ser hábil. Los picos estaban tan afilados como espadas; incluso las palomas quedaban ensartadas, cosa que horrorizaba a madame Bourgès.

Esta idea estremeció a Adrienne, pero hizo un último esfuerzo y llegó a la parte superior de la reja.

—¡Adrienne! ¡Dios mío! ¡Baja! ¡Es muy peligroso!

Agotado, sin aliento, su padre estaba al pie de la reja, boquiabierto; todo su cuerpo rezumaba sudor y pánico.

Desde ahí arriba, Bourgès parecía tan débil. Adrienne

no pudo contener una carcajada nerviosa que casi la hace perder el equilibrio. Sin embargo, tenía que ser prudente. Sus pies estaban entre las puntas de lanza, y el menor movimiento en falso la podría lastimar.

—Adrienne, querida —imploró su padre—. Baja...

Su hija lo miraba fijamente, muda, desafiando su mirada con placer asesino. Bourgès solo estaba recibiendo lo que se merecía.

—Hablemos de todo esto con la cabeza fría —continuó con voz cautelosa—. Tu madre y yo quizá nos precipitamos. Podemos llegar a un arreglo, estoy seguro...

Adrienne estaba atónita.

—¿Un arreglo? ¿Quiere decir que están listos para negociar?

El padre no se atrevió a responder; sobre todo porque su hija, ciega de rabia, comenzaba a balancearse peligrosamente en la parte superior de la reja.

—No soy uno de sus clientes, padre. Sé que para usted todo se compra, pero yo no—. Señala su vientre y agrega—: Y él tampoco...

Bourgès estaba desamparado. Le parecía que la escena se quedaría congelada para siempre, y ya no le quedaban más argumentos. Entonces, en un arranque desesperado, comenzó a escalar la reja.

La imagen era tan ridícula que Adrienne tuvo que reír de nuevo, porque el hombre gordo, al no encontrar ningún punto de apoyo, se resbaló contra el metal y su rostro se aplastó contra la cerradura.

Ella reía con más fuerza a medida que él enrojecía más de ira.

—¡Adrienne, ya basta!

Entonces, con un salto espectacular, se precipitó y alcanzó a agarrar el pie de su hija. Eso fue suficiente.

Todo sucedió muy rápido.

Con un grito de sorpresa, Adrienne se volcó hacia adelante, pero se detuvo en seco, como un pájaro golpeado en pleno vuelo.

—¡Adrienne! —gritó Bourgès, salpicado de la sangre de su hija.

34

París, 1887

—Ese accidente acabó con la vida de nuestro hijo y con la de todos los que alguna vez hubiera podido tener…

Gustave está devastado. Nunca lo hubiera pensado. Nadie le había dicho nada. Le habían ocultado todo…

Acarició con sus dedos la cicatriz que Adrienne le mostró cuando terminó su relato. Una extraña mancha rosada, casi artística, que le corta el vientre desde el ombligo hasta la ingle. Afuera ya es de noche. Habló durante mucho tiempo, con dificultad, rastreando el curso de su memoria para que Gustave no perdiera un solo detalle, porque esta historia era de ambos. Por la ventana, escucharon el ruido de un carruaje y los relinchidos de los caballos.

—Pude haber muerto —continúa—, pero los médicos de Burdeos hicieron milagros…

—El milagro —dice Gustave, mientras se arrodilla frente a Adrienne y pasa un dedo por sus mejillas, su frente, sus labios, su cuello— es que estemos aquí, los dos, al fin…

Con un nudo en la garganta, como si luchara contra las lágrimas, confiesa con pesar:

—No podía contarle a nadie sobre ti. No sabía dónde estabas. Me sentí traicionado, abandonado…

Adrienne le acaricia el rostro a Gustave.

—Pero yo estaba ahí… Leía todo sobre ti. Los artículos, los libros, las entrevistas… No pasaba una semana sin que encontrara alguna noticia tuya. No sabes lo orgullosa que estaba… Lo orgullosa que *estoy*…

Adrienne se queda sin palabras, sin fuerza. Nunca antes había vuelto a vivir esa última escena. Nunca se lo había contado a nadie. Ni siquiera Antoine lo sabía; la había conocido después de la tragedia, cuando estaba convaleciente. Solo sabía que un estúpido accidente la había privado del don de la vida, y que si se casaba con ella tendría que renunciar a tener herederos…

Pero ¿Adrienne hubiera querido tener un hijo de alguien más? Han pasado veinticinco años y esta pregunta ya no tiene sentido. Su primer amor está ahí, frente a ella, con el rostro hundido, la barba canosa, los ojeras, las arrugas; pero conserva esa llama, esa energía que la sedujo desde que se conocieron.

Cuando Gustave se incorpora y la toma de la mano, Adrienne se deja llevar. Después, con mucha dulzura, se dirigen a la cama. ¿Tendría que ser así? ¿No deberían dejar ciertos recuerdos en el estuche de la memoria? ¿No es demasiado tarde? ¿No están demasiado viejos, demasiado cansados?

Pero la memoria del cuerpo es más fuerte. Cuando él le quita cada una de sus prendas con delicadeza, ella recuerda. Más bien, el pasado y el presente se confunden para convertirse en un tiempo absoluto, inmediato. El hombre que la toma en sus brazos, que la acuesta sobre la cama, que la besa con tanta dulzura, ya no es el fogoso joven ingeniero de 26 años, ni tampoco el célebre hombre de negocios cincuentón. Solo es Gustave. Su Gustave. Igual que ella es solo Adrienne. Están ahí, ambos.

Mientras ella siente que el placer le eriza la piel, como una ola que no había sentido desde hacía años, Gustave murmura en su oído:

—Nunca más te dejaré partir. Nunca.

35

París, 1887

—¡Eiffel se burla de nosotros, les digo!

La voz estrepitosa resuena hasta el otro lado de la obra. Los obreros asienten con sus pies fijos sobre el suelo. Brénichot siempre ha sido el más bocón de entre ellos, y el más violento también. Al mismo tiempo, es un hombre de honor y principios. Jamás traicionaría a las personas que lo respetan. Pero cuando se siente engañado…

—En primer lugar, no hemos obtenido un centavo de lo que exigimos, y ahora esto…

De pie sobre un montón de vigas embrochaladas en el suelo, el obrero levanta unas hojas de papel frente a los abucheos del equipo.

Fue casi por casualidad que las encontrara esa mañana. Como si este descubrimiento confirmara la huelga que bloquea la obra desde hace seis días. Porque nada está saliendo bien al pie de la torre. Desde el momento en el que el equipo anunció el cese de las labores, en lugar de tomar al toro por los cuernos —como todos esperaban, muchos dispuestos a ceder por lo mucho que admiraban y respetaban a su patrón—, ¡Gustave Eiffel desapareció! ¿Habrá sido por coincidencia? ¿Por accidente? ¿O porque huía de sus responsabilidades? Nadie sabe nada al respecto, salvo que la obra está detenida, y que no será ese pobre Compagnon quien hará que los hombres regresen al trabajo. Quieren que les paguen en proporción al peligro, que cada vez es mayor. Los cuatro pilares ascienden un poco más hacia el cielo cada día. Y, dentro de unas semanas, se unirán para formar el primer piso. Pero ¿a qué precio? ¡Un salario de miseria! Y ahora esto: Brénichot encontró unos documentos en la cabaña de Eiffel, al pie del pilar noroeste. Entró esta mañana, decidido a husmear en busca de más información, aunque fuera solo para comprender la desaparición de su patrón. Pero esas pocas páginas fueron suficientes... Confirman que esta huelga no solo es inevitable: es necesaria.

—¡Miren en qué andan Établissements Eiffel! ¡Están condicionados! Aquí dice que si en dos meses no llegamos al primer piso, ¡empacamos y nos vamos!

Una ola de cólera recorre a los obreros; se miran con incomprensión, como si todos se sintieran engañados. Como si les hubieran mentido.

—Eso quiere decir que no habrá torre, no habrá construcción, ¡nada! ¿Y nosotros? ¿Qué pasará con nosotros si...?

—¡Tiene razón!

En un instante, el silencio se apodera de la obra. Hay voces que por naturaleza son autoritarias, y frente a ellas, hay que callarse. Y durante ese silencio extraño, que tiene un aire de sorpresa y alivio a la vez, Gustave Eiffel atraviesa la pequeña multitud.

Aunque deberían estar más enojados, les asombra la luminiscencia de su rostro. No hay otra palabra: Eiffel está resplandeciente.

Cuando sube sobre las vigas, al lado de Brénichot, lo observa con tanta bondad que el obrero pierde la compostura. Y todos experimentan ese profundo sentimiento de familiaridad, de seguridad, aunque no haya dicho una palabra.

—Es verdad —dice Eiffel, dando una palmada amistosa sobre el hombro de Brénichot, quien hace una mueca, molesto porque le acaban de quitar el papel protagónico—. Es verdad, Brénichot tiene razón, estamos en la mierda...

Consciente de que debe mantener a su audiencia como si fueran caballos a punto de desbocarse, Eiffel cuida su discurso.

—No podemos aumentar el sueldo de nadie —afirma, y los obreros responden con una ola de protestas inmediata—. Por el momento...

El alboroto vuelve a calmarse.

Los obreros están dispuestos a escucharlo, pero sus rostros están ensombrecidos. Gustave observa los fundamentos de su torre, que se elevan hacia el cielo de París. El mismo cielo que veía esta mañana desde la ventana de su habitación en Las Acacias. Estaban tan bien, todo era tan bello, tan evidente. Y ha recuperado el sentido desde entonces.

—El primer piso —continúa el ingeniero levantando su brazo sobre su cabeza— no lo vamos a acabar en dos meses... ¡sino en quince días!

Todos los obreros estallan en carcajadas sarcásticas. Su respeto se esfuma de inmediato. ¡Eiffel de verdad se burla de ellos!

—¿En serio? —se burla Brénichot fulminándolo con la mirada—. ¿Y cómo piensa hacerlo?

Como si fuera obvio, Eiffel señala el pilar a su izquierda.

—Habrá una grúa por pilar, cada una instalada sobre los rieles de los futuros elevadores. Así podrán subir una buena parte del material sin ningún esfuerzo, o al menos sin peligro. Y sobre todo, mucho más rápido.

De nuevo, los obreros están desconcertados. Nadie había pensado en esta solución.

—En quince días, ese es el plazo…

Eiffel siente que la confianza aumenta, a medida que los obreros se frotan el rostro, fruncen el ceño, vuelven la mirada hacia el famoso pilar. Brénichot no va dejarse embaucar tan fácilmente.

—Sí, pero ¿y en todo esto dónde quedamos nosotros?

Eiffel vuelve a tomarlo por los hombros.

—Nosotros ¡somos ustedes y yo! ¡Porque estamos comprometidos juntos en este proyecto! Problemas habrá siempre, mañana, pasado mañana. Ahora no tengo dinero para aumentar su salario. ¡Pero en otro momento lo tendré!

Nuevo silencio incómodo; los obreros ya no saben a qué santo encomendarse. Algunos trabajan para Eiffel desde hace ya más de diez años: saben que el ingeniero es un hombre honorable, que jamás ha engañado a nadie. Pero ahora están al borde del precipicio. Ya no hay tiempo para sentimentalismos; la fidelidad se acaba en el umbral de las necesidades reales, del peligro.

—¿Y qué hay de la seguridad? —dice uno de los hombres que sale de la muchedumbre y avanza hasta las vigas metálicas—. ¿Ha pensado en eso?

Gustave esboza una sonrisa. Sabe que tiene que pasar por eso. Debe recuperar el respeto y la confianza de sus hombres, cueste lo que cueste. Da un salto desde las vigas hasta el suelo, como lo haría un joven. Luego, de unas zancadas llega al pie del pilar. Boquiabiertos, los obreros lo observan: se quita el saco, lo arroja al suelo y empieza a escalar la estructura a manos desnudas.

No lo pueden creer. Sobre todo porque las vigas, tan nuevas, son muy resbalosas y él trae zapatos de calle.

Cuando llega a unos diez metros por encima de ellos, su pie se resbala y casi se cae. Uno de los obreros grita:

—¡Señor Eiffel! ¡Tenga cuidado!

Esta empatía levanta su ánimo. Escala su torre con la agilidad de un mono, sorprendido por su propia habilidad. En el fondo de su corazón sabe que tiene 26 años otra vez, y esta certeza lo hace invencible.

Cuando llega a la mitad, sube ambos brazos y se cuelga casi sobre el vacío. Desde allá arriba ya no ve los detalles de los rostros, pero sí un ejército de caras morenas y coloradas que ya no hacen un solo ruido.

—Llegaremos hasta ese maldito primer piso y después duplicaré su sueldo, ¿les parece?

Por un instante los hombres no responden. Después, uno de ellos emite un orgulloso «¡sí!», que muy pronto se convierte en un concierto entusiasta.

—Esta torre es de Francia, pero sobre todo, ¡es nuestra! ¡Mía, de ustedes!

Los hombres sienten que su confianza se restaura. Lo necesitaban a él, tenía que estar ahí. Se habían sentido abandonados, pero si estaba aquí, enardeciéndolos como lo hacía ahora, podían llegar hasta la luna.

—Juntos comenzamos esta torre, juntos vamos a terminarla...

Una ola de alegría llega hasta él, mientras ciertos obreros incluso tratan de alcanzarlo, sujetándose de las vigas. Pero Gustave ya no mira hacia abajo. Con los ojos perdidos en la distancia, el corazón palpitante, sonríe al cielo y se pregunta si en ese momento, en su dulce paréntesis, Adrienne está embriagada de la misma felicidad.

36

París, 1887

¿Gustave Eiffel había sido alguna vez tan feliz? ¿Había conocido ya tanta plenitud? Es como si la carrera loca en la que se había lanzado hace ya más de medio siglo encontrara no su fin, sino una nueva coherencia, una claridad bella y sincera.

Encontrar a Adrienne, conquistarla de nuevo, no tiene que ver con revivir su juventud; no es resucitar un pasado enterrado y mucho menos hundirse en la nostalgia: significa continuar lo que quedó interrumpido.

Por supuesto, la vida de Gustave, su matrimonio, sus hijos nunca fueron una solución provisional; tampoco fueron una boya que le permitiera mantenerse a flote todos estos años. Pero siente tanta fuerza, de pronto, tanta energía; tomar a Adrienne entre sus brazos les devuelve el sentido a las cosas. Como si ella encarnara esa proporción áurea tan querida por los arquitectos.

Su antigua prometida se siente de esa misma manera. Adrienne también revive. Todos esos años protegida, al abrigo de ese capullo mimado y conservado por el pobre Antoine —el marido que se convirtió en carcelero—, la habían hecho olvidar el prodigioso sabor de la verdad.

Un concepto tan sencillo, tan tonto, pero que recobra todo su sentido cuando ella se pierde en los ojos de Gustave: la sinceridad.

Por supuesto que han pasado los años, por supuesto que han envejecido, pero la grandeza del amor consiste en que trasciende las épocas, anula el tiempo, lleva a una pareja a una dimensión desprovista de cronología. Solo existe la lógica del afecto, la dulce música de los sentidos, la alegría compartida; una complicidad que nadie puede comprender excepto ellos, porque son los directores de la obra.

Y también está esa sorpresa, casi sofocante, de despertar uno al lado del otro, como una fantasía que se desborda del sueño. Uno de esos sueños que dan sentido a la vida.

A pesar de la fogosidad embriagadora del reencuentro, los dos amantes deben lidiar con la realidad. Gustave Eiffel es uno de los constructores más célebres de Francia; Adrienne de Restac es la esposa de uno de los columnistas más leídos. Pero nadie va a estropear su felicidad. ¡No los volverán a separar!

Se trata de ser discretos, de jugar con las sombras, de no dejarse atrapar.

—Somos como un par de estudiantes de internado que se encuentran después de que se apagan las luces —le dice Gustave a Adrienne, una noche en la que ella se reúne de nuevo con él en Batignolles.

—Jamás estuve en un internado —responde ella, al tiempo que pone sobre la mesa los materiales para preparar la cena: pan, costillas que asarán en la chimenea y una botella de vino tinto (¡desde su accidente, ella no había vuelto a beber una copa de vino de Burdeos!).

—Por fortuna —dice Gustave abrazándola con dulzura para llevarla a la cama—. De lo contrario, todos nos hubiéramos enamorado de ti.

Adrienne estalla en carcajadas.

—Siempre soñé con tener un séquito y...

Eiffel no la deja terminar la frase y pone una mano sobre su boca.

—Decidí no compartirte nunca más.

Le arranca la ropa sin molestarse por los botones, que saltan sobre el suelo con un tintineo seco.

* * *

Así son sus tardes, sus noches, durante semanas. Nadie se sorprende, porque Gustave pasa los días en la obra. Claire, por su parte, no hace preguntas, no se incomoda al descubrir la habitación intacta, con la cama hecha, cuando llega con los niños al amanecer para despertarlo.

—¿Dónde está papá?

—A menudo pasa la noche en la obra.

—Papá trabaja tanto...

—Esta torre es su gran amor, lo saben bien.

—¿No somos nosotros?

—Sí, claro, pero con los artistas hay que saber compartir...

¿Claire es sincera? ¿No sospecha nada? Por supuesto que sí, pero desde hace unas semanas ha visto a su padre tan radiante, tan realizado, tan feliz, que prefiere no saber más y respeta su evidente alegría. Sobre todo que esa dicha es contagiosa: en la construcción, los obreros se entusiasman con la pasión de su patrón.

—Señor Eiffel, ¡parece que tiene veinte años!

—Esta torre me da una nueva juventud, ¿qué les digo? Hace ya muchos años que la soñaba: verla realizada es una terapia de rejuvenecimiento.

Cuando dice esto, Gustave no sabe si habla de la torre o...

Le cuesta trabajo mantenerse en silencio, guardar su secreto. Quisiera hablar de Adrienne, gritar su nombre, alabar su belleza, su dulzura, con una pasión casi infantil. Con frecuencia debe controlarse para no contarle todo a Compagnon, quien se abstiene de hacer ciertas preguntas.

—Gustave, ¿qué pasa? Nunca te había visto así. Ya casi no reniegas.

—¿Y te quejas?

—A la larga, ya me había acostumbrado.

Gustave estalla en carcajadas, le da unas palmadas en el hombro a su colaborador, y sube las escaleras de la torre de dos en dos hasta llegar al inicio del primer piso, que esperan terminar en unos días.

Todo se integra tan bien, todo se acomoda con tal claridad, que Gustave siente vértigo. Está llevando a cabo una obra maestra absoluta, la síntesis de sus sueños; posee, al mismo tiempo, a la obra y a la mujer de su vida.

En cierto sentido, Adrienne es quien lo hace poner los pies en el suelo.

—De lo contrario, tu universo se limitaría a pasar los días en el Champ-de-Mars y las noches aquí, conmigo —dice ella, dándole los periódicos, las últimas publicaciones literarias, las noticias de los espectáculos en boga en París.

—No me importa nada de esto —responde con una mueca, levantando el *Horla* que le dio Adrienne—. Ese Maupassant es un traidor: otro que firmó la petición el in-

224

vierno pasado. Además, por mucho que se envuelva en su dignidad, es un libertino, un loco. Me he cruzado con él varias veces…

Adrienne abraza a su amante y susurra con una voz insidiosa:

—Porque tú no amas el libertinaje, ¿cierto?

Gustave se relaja, pero esa famosa petición lo sigue hiriendo. En verdad se sintió traicionado.

—Al menos Hugo y Zola no participaron en esa farsa —agrega señalando *Choses Vues* y *La Terre*, otras publicaciones recientes que Adrienne llevó a Las Acacias y que él puso en el librero sin leerlas…

—Tampoco te defendieron…

—Me conceden el beneficio de la duda y esperan ver mi torre «erguida», si puedo decirlo así. Lo que odio son esos genios malignos que juzgan sin saber, sin ver…

Hay que admitir que, fuera de su retiro de enamorados, son épocas tensas. Una vez más, Adrienne es quien mantiene a Gustave al tanto de los males del mundo. Francia mantiene una relación tensa con Alemania porque la ocupación de Alsacia y la Mosela es una herida abierta. En abril casi entran en conflicto por un asunto de espionaje mal esclarecido. La popularidad del general Boulanger, a quien apodan el general Venganza, aumentó. A los ojos de parte de la población, él es el único que puede devolverle a Francia su dignidad, su orgullo. Por más que el país muestre abundancia técnica y científica —la torre Eiffel es una prueba perfecta—, Francia sigue mutilada y humillada. Y Boulanger estimula la sed de venganza de manera tan eficaz que al gobierno le espanta. Por eso es que ahora intentan amordazarlo, hacerlo a un lado, relacionarlo con asuntos poco honorables de tráfico de condecoraciones, aunque sin ninguna prueba.

—Ese hombre es demasiado —dice Gustave—. Quiere volver a hundirnos en la guerra.

—¿Lo dices por miedo a que un conflicto interrumpa la obra? —pregunta Adrienne, que conoce bien a Gustave.

Eiffel admite que es tan feliz, que todo es tan perfecto, que el más mínimo inconveniente arruinaría este equilibrio, anhelado por tanto tiempo.

—¿Y dónde queda el país en todo esto? —Ríe Adrienne, quien ama el egoísmo jerarquizado de su amante.

—¿El país? Ya le he dado mucho. Ahora quiero dedicarme a ti.

—A mí… y a tu torre, ¿no?

—Sabes bien que son casi lo mismo…

37

París, 1887

La luz se filtra en diagonal a través de los árboles, que cada vez están más desnudos. Los tonos son castaños, brillantes, y se percibe ese olor tan característico del bosque en noviembre: un aroma de corteza y estanque.

Cuando Adrienne propuso este paseo, Gustave objetó que haría frío, que el otoño ya había empezado, que a fines de noviembre el ambiente era muy húmedo, y que quizá se enfermarían.

—Sí, abuelo. —Rio ella, acariciando su rostro.

Él no tuvo nada más que objetar…

Ahora que están echados sobre un pedazo de hierba seca cubierto de flores marchitas con un aroma embriagador, resguardados del viento y bajo un sol sorprendentemente tibio, Gustave sabe que por nada del mundo quisiera estar en otra parte.

—De algún modo te robé a tu equipo —admite Adrienne jugando con una ramita con la que acaricia el rostro de Gustave. Él ríe, apoyando con más fuerza la cabeza sobre las rodillas de su amante.

—Estamos tan bien —murmura él—, todo es tan bello, tan tranquilo.

Adrienne dice la verdad. Gustave les dio el día libre a sus obreros para felicitarlos por la proeza de la jornada anterior: ¡terminaron el primer piso! Y lo hicieron en el tiempo oportuno, como el ingeniero lo había anunciado y como estipulaba el contrato con el Estado. ¡Ah! Nadie escatimó esfuerzos desde que la huelga terminó. Eiffel había dicho que serían quince días y les llevó mes y medio, pero evitaron la bancarrota, y eso es lo único que cuenta. Bien merecían un día de descanso a media semana.

—¿Lo veremos mañana en la fiesta, señor Eiffel? —preguntó Brénichot.

—Pienso darme permiso de levantarme tarde —confesó el ingeniero—. Y todos ustedes deberían hacer lo mismo. Después de un día como el nuestro, el sueño no le hará mal a nadie.

—¿Un día? —Rio Brénichot—. ¡Más bien una semana, un mes!

El obrero decía la verdad: ¡la vida ha sido tan acelerada este otoño! Al pensarlo, con el cuerpo recostado entre el brezo, Gustave siente que se ha multiplicado, que ha vivido veinte vidas. Sin embargo, pocas veces ha tenido la impresión de ser tan él mismo. Dios sabe que, desde septiembre, ha estado en la cuerda floja. No contento con detener la huelga, tuvo que enfrentar a los acreedores en una reunión con el Crédit Lyonnais a mediados de septiembre, donde se encontró con un consejo de banqueros ancianos e inquietos que le anunciaron que no le darían más crédito. Esos vejestorios no temían por la solidez del edificio, ¡pero dudaban de su rentabilidad! Ninguno de ellos podía imaginar que los espectadores quisieran subir trescientos metros por encima de París. Por puro orgullo —Compagnon palideció—, Eiffel rompió su asociación con el Crédit Lyonnais, ¡incluso cerró sus cuentas personales, las de la empresa y las de sus filiales! El banco estaba desesperado, no se esperaba un divorcio tan radical.

Pero Gustave ha cambiado mucho: ya no quiere transigir. Con una pasión adolescente, prefirió confiar en la pequeña banca franco-egipcia e hipotecó todos sus bienes, siempre y cuando pudiera seguir construyendo su torre.

—Voy a continuar, incluso si tengo que endeudarme por mil años, ¿comprendes? —espetó a Compagnon, que estaba deshecho.

—No, no comprendo…

Pero ahora que terminaron el primer piso, Gustave sabe que hizo bien. Él, que nunca fue jugador, que siempre ha sido cauteloso con el azar, confió sin embargo en su buena estrella.

—Eres mi amuleto de la buena suerte, Adrienne —dice levantando el torso para llegar hasta sus labios.

Ella sonrie y lo besa con dulzura.

—Si tan solo pudiéramos estar aquí, por siempre… —dice ella recargándose al tronco de la haya, que les daba cobijo desde el fin de la mañana. Los restos de un almuerzo campestre se encuentran dispersos a su alrededor; incluso algunas prendas de ropa que olvidaron ponerse cuando volvieron a vestirse antes de comer.

—¿Estar siempre aquí, en la hierba? —pregunta Gustave sonriendo.

—En la hierba y felices, sí…

Gustave finge retorcerse.

—Nos aburriríamos. Nos dolería la espalda. Hay hormigas.

Adrienne estalla en carcajadas y acaricia la frente de su amante, pasando los dedos por su cabello entrecano.

—*Tú* te aburrirías —corrige ella.

—Tú también. Además, no hay un río al cual lanzarse.

Con ese recuerdo, la sonrisa de Adrienne se desvanece un instante, mientras hace la cuenta del tiempo que ha pasado; después siente que la felicidad vuelve a invadirla, como una dulce sabiduría, un resplandor de confianza.

—Estoy orgullosa de ti, mi amor…

Ella también ha vivido mil vidas desde su noche en Las Acacias. Cada que puede, Gustave la lleva a la obra cuando los obreros ya se han ido. La noche es su cómplice, porque Adrienne jamás hubiera osado subir esas escaleras tan frágiles, esas escaleras enrejadas, a plena luz del día. Sin embargo, se mantiene detrás de Eiffel aunque en ocasiones pierda el equilibrio, porque él siempre la sostiene. Y qué bien estar ahí arriba, solos, como en la cima de una montaña, en la proa de un barco, con el rostro azotado por el viento estival. En ocasiones ella advierte en el rostro de Eiffel una pasión tan grande, tan absoluta, que no puede ocultar su sorpresa.

—La miras con unos ojos…

—¿A quién?

—A tu torre.

—¿Estás celosa?

Ese falso reproche hace reír a Eiffel, pero no puede negar su pasión por esta obra tan loca. Es la corona de todo aquello en lo que cree, de lo que ha emprendido desde el principio de su carrera. Y Adrienne se ha convertido en la piedra angular de esta coronación, la razón de ser de tantos años de trabajo. Los celos de Adrienne solo son pasajeros.

Es el destino de todas las mujeres de hombres creadores: compartir a su hombre con su arte. Además, sabe hablar tan bien de eso, con tanta fascinación. Cuando no suben a la torre, él la lleva de noche a sus oficinas para enseñarle sus maquetas, sus proyectos, sus fotografías; le muestra todo lo que ha realizado desde que huyó de Burdeos, hace ya veintisiete años. Y Adrienne se apasiona. No deja de hacer preguntas, siempre en relación con la torre. Trata de comprender la estructura de este edificio revolucionario, prodigioso y aberrante a la vez, que no deja de provocar debates y escándalos en las cenas parisinas. Cuando el tema aparece en alguna conversación, Adrienne siempre hace un esfuerzo para no sobresalir. Es discreta, jamás deja que la vean con Gustave, verifica la validez de cada una de sus «excusas», y sigue viviendo en París. Es una parisina conocida, casada con uno de los columnistas más feroces. El oficio de Antoine consiste, con frecuencia, en esparcir rumores, divulgar calumnias. Por eso la actitud de su marido es lo que más preocupa a Adrienne. Desde hace semanas, Antoine está impasible, casi inerte. Nunca le pregunta a su esposa de dónde viene, nunca la cuestiona. Se contenta con sonreírle, pero casi nunca le dirige la palabra. En cierto sentido, esta indiferencia es más difícil de soportar que los celos francos y aceptados. Restac solo se autoriza una pequeña sonrisa triste y sarcástica cuando sorprende a Adrienne leyendo un artículo sobre la torre, o cuando el nombre de Eiffel se menciona durante una cena parisina. Por lo demás, nada. Ni un reproche, ni un ataque. Antoine y Adrienne viven bajo el mismo techo como dos desconocidos.

—¿Sabes? A veces me da miedo

—¿Te ha dicho algo?

—No, y eso es lo peor. Me mira, lo sabe y no dice nada...

Gustave se estremece. Conoce a Antoine desde siempre. En su juventud, recuerda haber advertido un brillo de locura en sus ojos azules. Como la mirada de un tiburón: esos ojos que se cubren de una fina membrana cuando se lanzan al ataque.

—¿Te haría daño?

Adrienne hace una mueca evasiva.

—A mí no...

Silencio. Gustave no se atreve a responder. No quiere que Antoine de Restac eche a perder un momento tan dulce, cuando son tan felices. Pero es más fuerte que él.

—Quieres que terminemos, ¿es eso?

Adrianne esboza una sonrisa tranquilizadora, se inclina sobre Eiffel y lo besa de nuevo en la frente, en la punta de la nariz, los pómulos, la mandíbula, el cuello. En todas partes salvo en los labios, que evita deliberadamente con una mirada coqueta.

—Qué tonto eres, Gustave.

Pero el ingeniero no bromea.

—¿Quieres que dejemos de vernos?

Adrienne se endereza y vuelve a recargarse contra el tronco de la haya. Sobre ellos, un pájaro carpintero golpea la corteza; a ella le sorprende ver uno tan entrada la estación. De niña, pasaba el tiempo en el bosque de sus padres y nada la hacía más feliz que los sonidos del bosque.

—Voy a hablar con él... —dice ella en un murmullo.

—¿Cuándo?

—Esta noche. Cuando regresemos a París...

El corazón de Eiffel se acelera, y él siente un vértigo mucho más poderoso que cuando avanza como funámbulo sobre las vigas, que ahora conectan los cuatro pilares para formar el primer piso de su torre.

—¿Estás segura?

Adrienne lo mira con una intensidad incendiaria.

—Y tú, Gustave, ¿estás seguro?

Sin responder, la toma del cuello y la besa, casi hasta sofocarla.

38

París, 1887

Adrienne llegó más temprano para esperar a su esposo. Sabe que los miércoles Antoine se dedica a vaciar jarras de cerveza con sus amigos periodistas en el Marguery, sobre los Bulevares, y que regresa cargado de chismes. Se tomó un baño largo, no para purificarse de ese día en el bosque, sino para recalentar su cuerpo antes del encuentro, que le causaba un terror glacial con solo imaginarlo.

Sin embargo, Gustave no cesa de decirle que tienen tiempo, que aún podrían esperar un poco, que esa clandestinidad posee una magia adolescente, el encanto del secreto; pero Adrienne está decidida: será esta noche.

Y ahora está sentada en un rincón junto a la chimenea, en esa enorme sala iluminada únicamente por el brillo de las llamas.

Observa el gran salón con cierto asombro. Todo le parece pesado, tosco, saturado. ¿Cómo ha podido vivir aquí durante tantos años? Lo ha disfrutado, ha encontrado un equilibrio. Ha sido feliz, incluso. Sin embargo, desde hace tiempo, todo eso le parece abstracto. Considera esta casa como la escenografía de un teatro. Pero ya no interpreta un papel en una obra, sino que al fin empieza a vivir. Hace ya veintiséis años que está atrapada entre dos actos. Y cuando el rostro de Gustave se impone en su mente, cuando piensa en el olor de su cuerpo, en el poder de sus gestos, en la extraordinaria voluntad de todo su ser, su vida protegida le parece terriblemente ridícula.

—Adiós —dice Adrienne como si cantara una canción de cuna, lanzando a la chimenea una fotografía suya con Antoine que encontró en un cajón.

En el fondo, una vocecita le murmura que ese gesto es cruel e inútil. Hace ya mucho tiempo que para ella Antoine está muerto, que viven vidas paralelas, que él pasa sus noches en el Chabanais o en casa de alguna de sus admiradoras, que aman su labia y tienen el ojo puesto en su cartera. Sin embargo, Adrienne se alegra al ver la imagen de su marido inflarse, deformarse, convertirse en una mancha, en un tumor, para luego ennegrecer y consumirse. De hecho, su propio rostro padece el mismo destino entre las brasas del hogar. Pero Adrienne ya sufrió su metamorfosis. La salamandra ha salido de las llamas, la gata ha encontrado su nueva vida. Solo falta aclarar las cosas, *decirlas*.

Adrienne consulta el reloj de péndulo de la sala: son las nueve y media, y Antoine aún no regresa. ¿Por qué tiene que llegar tarde justo el día en que ella quiere hablar con él? La vida siempre tiene ironías amargas.

Para distraerse, ella hojea el último libro de Gyp, que la gente se arrebata en los salones estos días, y cuyo título anuncia de forma irónica su final: *Dichas conyugales*. Pero no puede concentrarse en más de tres frases. Pronto las palabras bailan frente a sus ojos, su mente se echa a volar, y solo puede imaginar la ribera del Sena, al pie de la torre. Ella estará ahí mañana en la noche. Se reunirá con

Gustave, libre, feliz, y por fin todo podrá comenzar de nuevo.

A las diez y media la puerta de entrada se azota con violencia. Adrienne se sobresalta: se había quedado dormida. En la chimenea, la leña casi se ha consumido por completo. Las últimas brasas le dan al salón una iluminación de caverna, y cuando Antoine entra al salón, la luz de la entrada parece abrasadora.

—Vaya, ¿ahí estás?

Antoine se sorprende de encontrarla ahí, pero rápidamente desvía la mirada y se dirige trastabillando al bar, que abre con una mano torpe.

«Ha estado bebiendo…», piensa Adrienne tensándose, porque eso no facilitará las cosas.

Cuando está borracho, Antoine puede ser iracundo, incluso violento. Lo ha visto llegar a los golpes, pelearse, como un obrero en la banqueta, con gente que le faltó al respeto. Y su ebriedad no va a disminuir, puesto que se sirve un gran vaso de absenta con los dedos temblorosos, antes de sentarse en el sillón frente a ella, al otro lado de la chimenea. Al ver el fuego, extiende el brazo, toma un gran leño y lo arroja a la chimenea. Las brasas están todavía tan calientes, la madera tan seca, que todo se enciende al instante.

Ambos se miran a la luz de las llamas.

Adrienne observa a un hombre con los rasgos marcados, las líneas del rostro tensas, con una mirada vidriosa que el alcohol ha hecho amarga, errática. Antoine observa a una mujer que ya no conoce, a un ser que comparte su vida como si se cruzaran en un restaurante. Por supuesto, hubiera podido luchar, pero no tiene fuerzas. Al menos no

237

les creyó a los chismosos. Dejó que hicieran, que dijeran. Aparte, él siempre ha tenido su independencia, y le ha dado permiso a Adrienne para que ella también viva su vida, elija sus amistades, que vaya adonde le dé la gana. Pero ahora que las miradas se sesgan, que abundan las insinuaciones, que le endilgan apodos, la cosa es diferente. Lástima, ahora que se encuentra frente a su esposa, Antoine de Restac se queda paralizado; siente una suerte de respeto instintivo, casi temeroso, que siempre se apodera de él y que, a pesar de los años, es el infortunio final del amor sincero que sintió en la primera época de su matrimonio.

—¿Tuviste un buen día? —pregunta por fin, articulando mal las palabras debido a la absenta, que acaba de quemarle la lengua.

Adrienne lo mira, seria. No hay ningún afecto en su mirada, ni siquiera compasión. Solo indiferencia, cansancio, y resignación por llevar a cabo una tarea que nunca le ha encantado a nadie.

—Sé que lo sabes, Antoine…

Restac no reacciona. Pero Adrienne lo observa con cuidado: ni una sombra de algún gesto. Solamente toma las pinzas para acomodar el leño que se cayó entre los morillos, sobre el piso de la chimenea. El fuego vuelve a avivarse, iluminando de nuevo sus rostros.

Adrienne siente como si le apretaran los pulmones. Ese silencio se vuelve asfixiante.

—¡Di algo!

Restac mantiene la mirada fija en las llamas, casi sin parpadear, como esos gatos que se quedan tan hipnotizados, que tememos que se vayan a inmolar. Luego, muy lentamente, gira la cabeza hacia su esposa.

Adrienne se queda paralizada por lo que ve. La máscara por fin ha caído. Muestra su verdadero rostro: sombrío, tajante, de una violencia fría.

—¿Por qué no me lo contaste todo cuando me volví a encontrar a Gustave hace dos años?

Adrienne no sabe qué responder. Una verdadera timidez la deja sin habla, como si estuviera haciendo un examen. Como si con cualquier respuesta se ganara un castigo. Tan solo puede encogerse de hombros, evasiva, furiosa por mostrarse tan cobarde.

—Y el escándalo —continúa él casi a media voz—. ¿Pensaste en el escándalo?

Este comentario vuelve a darle valor a Adrienne. Esa es la historia que se cuenta a él mismo: Antoine de Restac no es un marido engañado, sino un burgués preocupado por su posición. No se trata de mal de amores, sino de calumnias, de chismes. El periodista es la viva imagen de las lenguas viperinas que él mismo utiliza en ocasiones en sus columnas, sin firma, y que pueden destrozar a un hombre, a una familia, por el puro placer del juego de palabras.

—El escándalo me tiene sin cuidado, Antoine.

Su marido reprime una risa sarcástica. De nuevo juega con las pinzas, arreglando el fuego como un artista modifica un lienzo: no en busca de perfección, sino para encontrar otra cosa, un ángulo distinto.

—A ti, quizá, no te interese. A mí tampoco, hasta cierto punto…

Se hunde en su sillón y mira detenidamente a su mujer con una alegría maligna.

—¿Pero a él, Adrienne?

—Gustave me ama.

Antoine se estremece. Nunca se había tratado ese asunto con tanta simplicidad, con tanta claridad desgarradora que se derrama sobre el corazón como lluvia ácida. Restac incluso se sorprende de que todavía le afecte tanto. ¿Son celos? ¿Orgullo? ¿Un viejo instinto posesivo? ¿O solo es la confirmación de que el tiempo ha pasado y de que su vida se ha quedado atrás?

—No hablo de amor —responde él, sirviéndose otro vaso de absenta—. Hablo de reputación. Y de dinero.

Esas dos palabras exasperan a Adrienne, quien mira con desprecio a su marido. Definitivamente, le facilita la tarea.

—La reputación y el dinero… ¿eso es lo único que importa para ti?

Ante esta pregunta, ve cómo su esposo recupera esa alegría malsana, como si se preparara para dar un golpe bajo.

—Gustave necesita ambos si quiere continuar su gloriosa carrera.

Restac se vuelve a hundir en su sofá y cruza los dedos sobre su vientre redondo, en una postura de glotón saciado. Sus ojos brillan cada vez más, y termina por sonreír. Una sonrisa sin alegría, tan triste como la ruina.

—El Consejo de París está a punto de votar que los montos asignados a la torre se depositen no al terminar el primer piso… sino el segundo.

Adrienne pierde de inmediato su seguridad, porque comprende que si los fondos que esperan (¡y que anunciaron!) no llegan esta semana, Gustave tiene la bancarrota asegurada. Al ver que toma ventaja, Restac finge una expresión compungida; entrecierra los ojos y agrega que el Consejo de París acaba de pedirle su opinión sobre el asunto.

—Y como sabes… esos señores me escuchan.

Su esposa está afligida. Eso era, entonces, lo que elucubraba desde hace semanas. Por eso no decía nada, dejaba que las cosas pasaran, observaba sin decir ni una palabra, falsamente cómplice, preparando su réplica con una paciencia implacable.

Como si quisiera dar el golpe de gracia, Restac camina hasta el escritorio, de donde saca un expediente voluminoso. Lo abre y se acerca a su mujer; ella no puede evitar echarse hacia atrás. Son artículos, listas, cartas, mapas, tarjetas de presentación. Todos tienen un mismo objetivo: el odio a Eiffel y a su maldita torre.

—¿Quieres leer las peticiones? Todas están aquí…

Adrienne está espantada. Nunca hubiera creído que Antoine fuera capaz de eso. La falta de amor no es lo mismo que el desprecio, pero hoy le da las armas adicionales contra todo dolor, todo remordimiento. Él le da asco.

—Hace ya semanas que colecciono estos documentos. Todos mis amigos, de todos los periódicos, que los reciben por correo, los guardan para mí. Mientras que ustedes se aman, ¡yo reúno un verdadero caso!

La risa de Restac es odiosa. A Adrienne le parece que ve a una gárgola, a un reptil pegajoso.

—Con todo esto —dice riendo—, tengo suficiente para enterrar a Gustave bajo un montón de mierda. ¿Quieres leerlo?

Su esposa está deshecha, afligida, pero también aterrada. Antoine es capaz de todo. Basta con que exhiba esa ola de lodo a los consejeros de París para que decidan que la broma ya duró bastante. Para Gustave será la ruina, el deshonor, la caída libre.

—Me das asco —dice entre dientes, levantándose de su sillón—. Pero ¿sabes qué?, me voy a vivir con él.

Restac se pone lívido. Sus manos comienzan a temblar cuando Adrienne retrocede paso a paso hacia la puerta de la sala, sumergiéndose poco a poco en la oscuridad.

—¡No nos van a separar por segunda vez!

Antoine de Restac se levanta de un salto. Con paso vivo cruza la habitación. Adrienne siente que el miedo le atraviesa los pulmones, pero ya es demasiado tarde. Está frente a ella, sobre ella; no se atreve a moverse. Su rostro refleja mil sentimientos, entre los que dominan la cólera y una suerte de euforia atroz, como si gozara de su poder. Como si blandiera un arma, levanta el expediente sobre la cabeza de su esposa y, con voz tranquila, le dice:

—Piénsalo…

39

París, 1887

¡Dios, qué vista tan hermosa! Cada vez que sube, Claire
se queda sin palabras. Siempre ha confiado en su padre;
le fascina su voluntad tenaz, en ocasiones hasta dolorosa; no siempre ha sido fácil ser la hija mayor de Gustave
Eiffel, sobre todo después de la muerte de su madre. Pero
ella contempla una vez más los prodigiosos frutos de su
ambición, inclinada sobre el barandal, que es como un bal-
cón en el cielo de París.

—Sería una lástima caerse hoy. Espera a que esté listo el
tercer piso, desde ahí la caída será aún más bella…

Claire estalla en carcajadas, voltea y ve a su padre: está radiante. Jamás lo había visto tan feliz, tan confiado. Ha cambiado tanto desde hace unos meses. Gustave Eiffel siempre
ha sido muy reservado; cuando murió Marguerite hizo todo
lo posible para proteger a sus hijos de la crueldad del mundo; se esforzó para ofrecerles una ternura que no siempre
era fácil mostrar, por más sincera que fuera. Pero Claire
estaba ahí, dulce, maternal, cariñosa, presente. Ahora le
toca a Claire convertirse en mujer, y muy pronto en madre.
Ese pobre Adolphe verdaderamente ha vivido una carrera
de obstáculos desde que comenzó a trabajar para Établisse-

ments Eiffel, hace tres años. Pero también fue una especie de prueba. A alguien como Claire Eiffel hay que merecerla; y Gustave quería asegurarse de que «el nuevo» estuviera a la altura de su querida hija. Pero todo salió bien. A pesar de los sobresaltos, las angustias, las huelgas, las dudas, la torre crece un poco más cada día, mientras Claire sueña con su boda.

—Pensé que podrías hacer todo en tonos de blanco —dice Claire.

Su padre se inclina sobre el barandal y sus hombros se tocan.

Eiffel observa las acrobacias de uno de sus obreros, unos metros arriba de ellos; está montando dos vigas con el virtuosismo de un bailarín. ¡Qué aventura, sin duda! ¡Y qué hermoso sueño!

—Mi vestido, claro —continúa Claire con los ojos en el vacío—, pero también las flores y la decoración.

—No es una elección estúpida: blanco para una boda —bromea Gustave—. Buena idea, querida.

Claire le da una palmada afectuosa en el hombro, como para corregirlo por su ironía, pero eso solo lo hace reír más.

La boda… ¿Por qué no hacerlo, después de todo? Ayer que estaba con Adrienne en el bosque, ¿no eran como dos jóvenes comprometidos, en el corazón de una complicidad tan natural? Ahora que va a terminar su relación con Antoine, que por fin volverá con él, nada se opondrá a que se conviertan en marido y mujer. Sus hijos al fin tendrán una madre, porque Claire será independiente y fundará su propio hogar. Todo parece encajar tan bien, al igual que las piezas de metal que se complementan, se ensamblan, se equilibran para formar a esta estructura arácnida en la que se encuentran, como un par de insectos.

Gustave mira a su hija con ternura.

—Tu madre estaría orgullosa de ti. De la mujer en la que te has convertido…

Claire voltea a ver el paisaje; sus ojos de pronto se llenan de lágrimas. En muy raras ocasiones su padre menciona a Marguerite.

—La extraño —murmura Claire, aspirando una gran bocanada del aire parisino.

Eiffel pone el brazo sobre los hombros de su hija, y ella se acurruca contra él.

Como si estuviera luchando contra una demostración de sentimientos exagerada —por algo es la hija de Gustave—, Claire vuelve a sus fantasías matrimoniales; se imagina la fiesta, los atuendos, el bufet…

—Me gustaría que no invitaras a todos tus conocidos, papá. No será una inauguración, solo una boda.

Gustave ríe de nuevo.

—Te lo prometo, querida.

En ese momento a él se le ocurre que todos podrían casarse el mismo día. ¿Por qué no? Pero de inmediato la idea le parece horrible. Pobre Claire, él no puede arrebatarle un día así. Esta fantasía es suficiente para animarlo de nuevo; está impaciente por presentar a Adrienne a las personas que más ama en el mundo. Presentarla *realmente*.

—¿Claire?

—¿Sí, papá?

Eiffel la mira con curiosidad. De pronto, parece que es un niño pequeño. Como si hubiera hecho una travesura y tuviera que confesarla.

—Quería decirte…

¿Por qué se interrumpe?

—¿Es tan grave? —pregunta Claire, más enternecida que preocupada por la timidez de su padre.

—Hay una mujer en mi vida…

La confesión salió en voz baja, con tono culpable. Pero Claire lo mira con mayor afecto. ¿Piensa que es una tonta? ¿En realidad Eiffel cree que nadie se ha dado cuenta? Esas visitas nocturnas a la obra, los regresos tardíos a la casa, incluso el cabello que ella encuentra sobre los hombros de su saco, cuando pone orden en el ropero.

—Ya verás —continúa Eiffel tomando la mano de su hija—, es una mujer única.

Claire asiente.

—Sí, papá, es verdad. Una mujer asombrosa. Y muy bella.

Gustave está estupefacto. No se atreve a decir nada más. ¿Entonces ella lo sabe? ¿Lo adivinó? No importa tanto, se siente ligero de nuevo. El día había comenzado de manera tan dulce: con el prospecto de que Adrienne terminaría su relación con Antoine, y que vendría a reunirse con él en la noche para nunca irse de nuevo. Y ahora, su amor era aceptado y validado por su familia. ¿Cómo podría ser más feliz?

—¿Me ayudarás a decírselo a tus hermanos y a tu hermana?

Claire está tan conmovida por la pregunta que las lágrimas inundan sus ojos de nuevo. Ella asiente y vuelve a ver el paisaje. Al pie de la torre han comenzado las construcciones para la Exposición Universal de 1889. Pero nada puede hacerle competencia a la torre soñada, diseñada y construida por su padre.

—Vendrá aquí esta noche —dice Gustave—. Sin duda viviremos juntos. Con ustedes, si quieren…

Claire aprieta sus dedos entre los de su padre y murmura:

—Estoy feliz por ti.

40

París, 1887

Ya es de noche. Todos los obreros se han marchado y Gustave es el único que queda en la obra. Él y su torre, frente a frente. Quisiera prolongar un poco más esta alegría egoísta. Por fin todo se alinea, con una perfección inquietante. Dentro de una hora la verdadera mujer de su vida se reunirá con él y nunca más lo dejará. Pero ahora, mientras espera, él disfruta esta sensación aérea, casi asfixiante, que le da la ilusión de caminar sobre seda. Esta noche todo va a cambiar. En cierto sentido, ya le dijo adiós a su pasado. No a su juventud, porque la ha recuperado, sino a años de trabajo, de obstinación, de rabia, de eficacia. Con una punzada en el corazón, piensa en todo lo que va a cambiar a partir de ahora. Está viviendo un pequeño duelo, sereno y dulce, pero que se acompaña de una despedida. ¿Es él quien avanza, su pasado el que se aleja, o solo la vida que toma un giro que jamás hubiera creído si se lo hubieran profetizado tan solo hace dos años?

Ahora, Adrienne está ahí. Y la vida de Gustave empieza con una A mayúscula, mientras su torre se eleva hacia el cielo de París, lista para atravesarlo.

El silencio es cautivador, casi mágico. Como si la ciudad hiciera una pausa. La estructura se funde en el cielo, pronto se reunirá con las estrellas. Gustave recuerda una noche parecida, hace veintisiete años, cuando deambulaba por otra obra de construcción. También había un río que se llamaba el Garona, y una mujer que se reuniría con él y se arrojaría al agua, pero en ese momento no lo sabía. Hoy lo sabe, y esta certeza hace que su corazón palpite con tanta fuerza, con tanta alegría, que él debe apoyarse en la base del pilar. Por más que juegue a ser un adolescente descarriado, no deja de ser un hombre maduro, afectado por la vida y el paso del tiempo. Adrienne posee un cuerpo juvenil asombroso, pero Gustave está en sus cincuenta desde hace tiempo, y sus médicos le suplican que no se exceda. ¡A Eiffel no le importa! La energía siempre le ha venido bien. La acción es su droga y no podría vivir sin proyectos, sin esta fuerza novedosa, audaz, que siempre lo ha empujado a ser el mejor, a ser el primero.

—A ser el único… —murmura, embriagado por el orgullo.

Pero lo tiene sin cuidado ser tan vanidoso. No hay nadie ahí para espiarlo; y él disfruta, todavía un poco más, esos últimos instantes de su primera vida.

De pronto, un ruido en la noche, unos pasos que se acercan. Gustave se incorpora y escudriña la oscuridad. El ruido viene de la entrada..

El sonido se acerca. Su corazón se acelera: sí, son caballos. Y ese rechinido tan particular de los ejes de un carruaje.

Gustave siente que se le ponen los pelos de punta y avanza decidido hacia la reja de entrada.

El carruaje está ahí, al otro lado. Inmóvil.

Gustave le sonríe, como si el coche fuera una parte de Adrienne. Luego se detiene él también. La escena es justo como la ha soñado, casi como un cuadro. Gustave de un lado de la reja, Adrienne del otro; luego, ambos atraviesan la noche, caminan uno hacia el otro y se encuentran en la frontera de dos mundos, de dos vidas, como si cruzaran un hueco. En ese momento su existencia comenzará en realidad.

Pero no sucede nada.

Los caballos piafan y uno de ellos relincha suavemente. El cochero fuma una pipa con la mirada perdida en la distancia, examinando esa extraña torre que se estira sobre su cabeza. Nada más. Las cortinas del carruaje están cerradas y Gustave percibe un tenue brillo al interior, a pesar de la tela espesa.

Al cabo de unos minutos, Eiffel empieza a preocuparse. ¿A qué está jugando Adrienne? ¿Es una treta para hacer que se acerque, como en un duelo en el que uno de los dos contrincantes debe entrar en el territorio del otro, aunque se sabe que deben encontrarse en el medio?

Después, un ruido metálico. El sonido de un cerrojo.

Cuando la puerta del carruaje se abre, Eiffel se tranquiliza y se preocupa al mismo tiempo. Esta comedia se está volviendo asfixiante. Sobre todo porque nadie sale.

Reticente por instinto, Gustave avanza hacia la reja, la abre y sale del sitio de la obra. Todo le parece extraño, como si el carruaje se alejara a medida que él intenta acercarse. De repente, el vehículo está frente a él. El olor de los caballos le salta a la cara y se mezcla con un perfume que, afortunadamente, le es familiar: el de Adrienne.

La puerta abierta le oculta aún el interior del carruaje y Gustave se niega a ir más lejos. Pero le parece ridículo y sube el pescante.

En ese momento siente que su corazón se paraliza.

—Buenas noches, Gustave…

41

París, 1887

Nunca antes había visto unos ojos tan violentos. Antoine no lo mira, le prende fuego con sus ojos. Junto a él en el asiento, Adrienne permanece con la mirada fija frente a ella, como si no quisiera afrontar la realidad de ese instante, como si su presencia fuera simbólica, forzada.

Eiffel ya no comprende. ¿Qué está pasando? ¿Por qué vinieron los dos? ¿Qué significa la actitud de Adrienne? Y Restac lo mira con un odio alegre, como si acabara de jugarle una mala pasada.

—¿Adrienne?

Ella no responde. No voltea. Solo tiembla el guante que, sobre su rodilla, yace como una muñeca de cera.

—Sube —dice Antoine señalando el asiento frente a ellos.

Con el estómago revuelto, Eiffel entra en la cabina y Antoine cierra la portezuela.

—Por fin solos —dice irónico, guiñándole un ojo a su esposa.

Ella reprime un gesto de desprecio.

Gustave está desconcertado. Nada está pasando como lo había previsto. La estructura que el ingeniero había esbozado se derrumba en un instante bajo la sonrisa socarrona de Restac.

—¿Qué quieres, Antoine?

—¿Yo? Yo no quiero nada. Bueno, nada nuevo. Quiero que todo vuelva a ser como antes, eso es todo…

Eiffel descubre a un hombre más herido que arrebatado. Con todo lo que ha pasado desde hace meses, Restac tiene razones para estar furioso. ¿Está aquí para defenderse por última vez, cumplir con las formalidades? En ese caso, ¿por qué no haber venido solo, de hombre a hombre, en lugar de obligar a Adrienne a presenciar esta escena de vodevil barato?

—No puedes robarle así la vida a la gente, Gustave. Ustedes los arquitectos, los ingenieros, piensan que ven más alto, más lejos. Creen que nada puede resistir ante ustedes, pero es falso… La vida no obedece a fórmulas, a ecuaciones.

Gustave observa el rostro tembloroso de Antoine. Sus confesiones son dolorosas. Pero lo más extraño es Adrienne: sigue sin moverse, con la mirada obstinada al frente, como si no debiera mirar a su amante.

—Conocí a Adrienne cuando salía del hospital, despúes de más de un año de permanecer ahí, postrada, con el cuerpo partido en dos.

Con un gesto afectuoso, Restac toma la mano de su esposa. Lo más singular es la reacción de Adrienne, que no lo rechaza. Sus dedos parecen inertes como si fueran un guante muerto.

—Estaba sola, y yo estaba ahí…

Eiffel mira cómo tiemblan los pómulos de Adrienne, como si por fin cobraran vida.

—Yo no construí un puente ni una torre, pero la amé y la amo. La devolví a la vida.

Los ojos de Adrienne brillan, sus labios tiemblan.

—No puedes tenerlo todo, Gustave. Déjanos…

Una lágrima se derrama ahora por su hermoso rostro, como si quisiera marcar su contorno. Eiffel está alterado.

—Adrienne —dice con voz quebrada.

Ella no se digna a mirarlo; por el contrario, voltea la cabeza hacia el otro lado, hacia la cortina del carruaje.

—Esta noche nos marchamos —concluye Restac.

Gustave se estremece. No, no es posible. No es verdad.

—¡No puedes hacer esto! —gruñe Eiffel.

—¿En verdad?

La expresión de Restac cambia. El hombre sincero que admitía el amor que sentía por su mujer se ha vuelto a poner la máscara de cinismo y amargura. El columnista cruel está de regreso y analiza a su viejo camarada con un odio frío.

—¿Qué estarías dispuesto a sacrificar por el amor de Adrienne? Además de nuestra amistad, porque eso ya está hecho…

—¡Todo! —responde Gustave en un murmullo—. ¡Mi vida!

Restac lanza una carcajada frente a la emoción de Eiffel. Sus ojos disparan chispas.

—¡Miren nada más! ¡Se lanzaría al vacío por su amor! Francamente, Gustave, a tu edad…

Sin voltear a verlos, Adrienne toma a su marido por el brazo.

—Basta, Antoine…

Eiffel respira un poco mejor: por fin escucha su voz. Pero ella no dice nada más y conserva esa rigidez insoportable.

Restac le da unas palmadas en la mano a su esposa, como lo haría un médico, pero no abandona su tono burlón.

—¿Estás dispuesto a morir por mi esposa? Bravo, qué belleza. Estúpido y bello. Sería una hermosa tragicomedia. Y creo que eres lo suficientemente loco como para hacerlo... En el fondo de tu actitud distante siempre has sido el más extremista de los dos. Hay que desconfiar de los tímidos...

De una patada, Restac abre la portezuela del carruaje. El golpe hace vibrar el carruaje y escuchan a los caballos que relinchan asustados. Sienten el aire helado entrar en la cabina. Después, a pesar de la noche, ven la torre. La luna ha salido de las nubes, proyectando sobre el metal un brillo lechoso y onírico. La vista es sobrecogedora.

—¿Y ella, Gustave?

Eiffel no comprende.

—¿También estarías dispuesto a sacrificarla a ella? ¿A tener que renunciar a ella porque el Estado renuncia a tu proyecto?, ¿porque el Consejo de París te corta el suministro? A veces solo hace falta una campaña de prensa...

Restac se calla en espera de la más mínima reacción de Gustave.

Eiffel está estupefacto, asqueado. ¿Entonces así terminará todo? Con un vulgar chantaje. Un regateo sórdido, indigno.

Gustave se queda sin voz. Durante unos segundos de silencio, él es el único en la encrucijada, y no sabe qué responder.

Finalmente, Adrienne voltea. Sabe lo que está pasando por la cabeza de Eiffel; el dilema es atroz y nadie había querido que eso sucediera, mucho menos ella.

Gustave lee en su rostro un amor profundo, sincero. Pero también advierte esa tristeza abismal, esa renuncia. Cada rasgo está marcado por la resignación. Si alguien se sacrifica, es ella, solo ella.

—Es mi decisión, Gustave. No la de Antoine. No la tuya…

Eiffel siente que le brotan las lágrimas. Quisiera tomarla en sus brazos, apretarla, que todo desapareciera en lo más recóndito de su memoria. Quisiera que nada de esto hubiera pasado, que estuvieran de nuevo en Burdeos, al borde del Garona, en esa pequeña cabaña donde por primera vez…

Pero no. Todo ha terminado. Los años pasaron, los cuerpos envejecieron, los corazones se endurecieron. Llegó el momento de las elecciones, de las decisiones sin alegría. De los sacrificios. Hoy, todo el mundo va a perder algo. Cada uno volverá humillado, con el alma pesada, como si se hubiera destrozado para siempre lo poco que les quedaba de inocencia.

—Es mi decisión —repite Adrienne, antes de atrapar la mano de Gustave.

Restac se echa hacia atrás en su asiento porque los amantes pasan frente a él, contra él, como si no existiera. Aprieta los dientes, cierra los ojos como un enfermo que sabe que el tratamiento casi ha terminado. Pero Adrienne y Gustave ya no lo ven. Naufragan en la contemplación mutua. ¡Qué felices estaban! En verdad creían que todo era posible, que podrían atravesar el tiempo, desafiar la vida, cambiar el destino. Sienten tantos recuerdos ardientes pasar de una mano a la otra, como si su sangre fuera la misma. Como si fuera imposible separarlos. La mano de

Gustave se retira un instante, pero los dedos de Adrienne se sujetan a los suyos. No dicen ni una palabra, respiran el mismo aliento, cada mantiene su mirada hundida en la del otro.

Luego, sus brazos caen como muñecas de trapo.

El sufrimiento es tan atroz que se quedan mudos.

Cuando sus pies se posan en el pescante, Gustave cree que el suelo se tambalea. Recuerda esa sensación que un pasajero de barco experimenta cuando toca tierra, después de semanas en mar abierto. El vértigo a cada instante.

Ahora solo queda una cosa por hacer, la más difícil: no volver. No intentar una última mirada que haría que todo esto fuera más doloroso. El Gustave de 1860 lo hubiera hecho. Hubiera esperado, hubiera insistido, hubiera peleado como cuando llegó a casa de los Bourgès. Pero el Eiffel de 1887 ha madurado. ¿Es mejor? ¿Peor? Esa no es la cuestión. Es distinto, y nadie puede hacer nada al respecto. Gustave y Adrienne quisieron anular el tiempo, resucitar el pasado. Es una felicidad efímera. La vida es diferente, eso es todo.

Sobre todo, a medida que se aleja del carruaje, cuya puerta escucha cerrarse como si le clavaran una daga en el corazón, Eiffel se niega a pensar. El sacrificio de Adrienne, quien toma esta decisión para evitar que él tenga que tomarla. ¿Hay una mayor prueba de amor? La tristeza le cierra la garganta, igual que el deseo de asfixiarse de sus besos; pero todo ha terminado. De verdad ha terminado. Ahora escucha los cascos de los caballos que golpean el asfalto y el carruaje se pone en marcha. Cuando cruza la reja, el sonido se aleja suave, tímido. Luego, nada. Gustave Eiffel está solo con su torre.

EPÍLOGO

París, 31 de marzo de 1889

¿Alguna vez había estado más hermosa? Gustave siente que nunca antes la había mirado de verdad. Sus pensamientos se han ocupado demasiado de ella; ha vivido por y para ella, se ha quedado dormido con su imagen, y le ha sonreído al despertar; ha estado en su mente a cada instante. Ahora están ahí, los dos, frente a frente, ¡por fin! Y la mira, sin maquillaje, en toda su escandalosa belleza.

La multitud está entusiasmada. Los espectadores agitan sus pequeños banderines en azul-blanco-rojo. Llegaron por centenas al Champ-de-Mars; la multitud incluso abarcó los espacios de los edificios vecinos, aún en construcción. La Exposición Universal se inaugura en un mes y la mayor parte de los pabellones están retrasados. Minaretes, pagodas, fuertes, invernaderos, cabañas, ¡es un verdadero recorrido por el mundo desde el Colegio Militar! Más allá del público, Gustave observa a los obreros que asierran, pintan, miden, saltan sobre los techos y hacen grandes gestos atareados. Si no está listo todo para el día de la inauguración, no son ellos quienes perderán su prestigio, sino toda la nación.

El ingeniero se siente tan ligero con esa idea: él ya acabó. De pie en el podio, embutido en un traje de ceremonia, voltea un instante y la mira una vez más. ¡Qué hermosa idea, ese rojo cobrizo! Era como si la hubieran vestido con su más bello atuendo para ir al baile. Esa pintura le brinda un resplandor sensual que irradia bajo el sol de primavera. Tuvieron la suerte con el cielo. Aunque las últimas semanas habían sido lóbregas, la primavera había llegado de repente como si también quisiera celebrar el bautizo de esa torre, que se eleva hacia las nubes con tanta dicha.

Eiffel está contento de que se haya adelantado la inauguración. Por supuesto, hay ciertos detalles que pudieron haberse perfeccionado, pero ¿hay alguien que los note? El público estaba fascinado; con entusiasmo, desmentían a todos los calumniadores que, por su parte, se iban callando conforme la construcción avanzaba. Con el segundo piso ya solo quedaban unos cuantos vecinos protestando. Con el tercero, ni un solo grito que no fuera de alegría, de sorpresa, de admiración.

—Cómo me gustaría subir allá —decían los niños a sus padres cuando pasaban al pie de la enorme construcción.

—Hay que esperar hasta que se inaugure la Exposición, querida.

—¿Será pronto?

—En mayo.

—¿Y me llevarás?

—Si te portas bien, quizá…

Gustave había escuchado ese diálogo tantas veces, y siempre era música para sus oídos.

Además, aunque la inauguración sea hoy, los visitantes no podrán subir a la torre hasta que la exposición esté abierta. Todavía hay algunos detalles que afinar en las escaleras y los elevadores. Es, entonces, un medio bautizo.

¿Pero hubiera podido rechazar esta inauguración adelantada? ¿Debió haberlo hecho? No, Eiffel no tuvo opción. Todo es cuestión de política, como de costumbre. Con sus declaraciones bravuconas y su popularidad en ascenso, el general Boulanger está a dos pasos de sacudir a la República, y la prensa es el relevo cotidiano y a menudo complaciente. Por ello, había que distraer la mirada del público, obligarlo a admirar no solo un edificio voluminoso, sino a una verdadera hija de la República, a una mujer de hierro, un orgullo nacional.

Y el truco funcionó. En pocos días los periódicos no dejaban de hablar de eso. No hubo un solo diario que no publicara, en primera página, algo sobre el ingeniero y su locura de metal, que ahora llamaban la torre Eiffel.

Hay tanta alegría en el Champ-de-Mars. Con el público a sus pies y la torre a su espalda, Gustave siente que está entre dos mundos. Pero su vida siempre ha sido así.

Siente que una mano se desliza en la suya.

—¿Todo bien, papá?

Claire lo mira con profundo afecto. Su otra mano se apoya sobre su vientre redondo.

—Qué hermoso año —murmura Eiffel, al tiempo que planta un beso furtivo en el cabello de su hija.

No es el momento de montar un espectáculo. Pero el público no está prestando atención al ingeniero. Los espectadores intentan identificar todas esas siluetas que suben una tras otra al podio, cada vez con menos espacio.

—El hombre de allá, ¿no es Sadi Carnot? —dice una voz en la multitud.

—No. El presidente no está ahí. Vendrá para la apertura de la exposición.

—¿Y el de la izquierda?

—Ese es Tirard, el presidente del Consejo.

—¿Y el del gran bigote?

—Lockroy, un antiguo ministro.

—¡Vaya! Sabes todo.

—¡Bah! Solo me informo…

Gustave sonríe cuando alcanza a escuchar esos diálogos, que le llegan de aquí y de allá.

—¿Y el hombre de canas que sostiene la mano de la joven embarazada?

—Ah, ese no sé. Sin duda un secretario. Un tipo sin importancia.

Al escuchar esa respuesta, Eiffel y su hija reprimen una carcajada. Deben recuperar la compostura de inmediato, porque escuchan que la música comienza. Al otro lado de la multitud, en el podio gemelo, el orfeón empieza a tocar la marcha *Sambre et Meuse*, lo cual amplifica el entusiasmo de los presentes. Todo el mundo aplaude y grita: «¡Viva Francia!», «¡Viva Alsacia!», «¡Viva el presidente Carnot!». Cerca de Eiffel, los políticos se lanzan miradas cómplices y satisfechas: la ceremonia está sirviendo a su propósito.

Comienzan los discursos interminables. Eiffel escucha que citan su nombre y esboza sonrisas, se inclina, pero actúa como un autómata. Esos elogios no son sinceros y él está en otra parte, a mil kilómetros de esta muchedumbre. Su cuerpo está aquí, esclavo de la gravedad, pero su mente flota allá arriba, a trescientos metros por encima de París, cerca de esa pequeña cápsula que corona su torre. Ambos han recorrido bastante camino juntos. Han superado por mucho al pilón de Koechlin y de Nouguier, ¡ese proyecto en el que él no creía! Han pasado tantas cosas en apenas tres años… Por instinto, Eiffel rememora esos tres años de locura, de euforia, de pasión. De sufrimiento, también. Cada vez que aparece un fantasma en su mente, lo evita, como si les diera la espalda a los recuerdos. Aún es demasiado pronto, demasiado doloroso. Sin embargo, hizo todo esto por ella. Gracias a ella lo logró. Aunque no esté ahí, ella se recarga sobre su hombro, atenta a cada una de sus decisiones, como si siempre le murmurara al oído qué es lo que debe hacer, qué camino debe tomar. En cierto sentido, se siente protegido, como esos marinos que parten al mar con la bendición de un santo, de un hada. Y esta torre es ella; no puede ser nadie más que ella, puesto que ella la deseó tanto como él, con la misma pasión.

—Querido Eiffel, ¡este debe ser el día más hermoso de su vida! ¡Todas mis felicitaciones!

Eiffel vuelve a sonreír. Incluso agradece bajo los vítores de la multitud. Pero ya no es él quien habla. Apenas es él. Gustave sigue en otra parte, tomado de una mano invisible.

Nunca volvió a verla. Como Antoine se lo advirtió, ambos se marcharon. Se fueron de París sin decir ni una palabra. Y a nadie le importó. Nadie nunca echa de menos a los periodistas. Y en cuanto a las mujeres hermosas, siempre habrá otras. Incluso más jóvenes, más seductoras.

Con esto en mente, Eiffel se queda paralizado. No es una silueta, más bien una mancha de color, una sombra púrpura. Ella está ahí, en medio de la multitud. Gustave la distingue porque es la única que no se mueve. Los espectadores se agitan, observan la torre, se murmuran al oído, comen galletas o bailan al son de la música, que sigue tocando a pesar de los discursos oficiales. Pero ella permanece

263

inmóvil. Como una estatua en medio del público. Una estatua con vestido púrpura, con un velo que le cubre el rostro. Gustave solamente la ve a ella. Cuando Lockroy toma la palabra y le recuerda a la asistencia que ya no es solo un ministro, sino que fue él quien lanzó este proyecto magnífico, Eiffel cree que todo se calla. Un silencio ensordecedor invade el Champ-de-Mars. Las bocas se abren al vacío, las personas se mueven sin hacer ruido, los obreros golpean clavos mudos. Lo único que escucha es su propia respiración y el sonido que producen los dedos de la desconocida al levantar su velo.

Sus ojos no han cambiado: felinos, inmensos, voraces; llenan todo el espacio, y Gustave cree que la muchedumbre ha desaparecido. Esa mirada, que lo envuelve con admiración, afecto, amor, borra todo lo demás. Borra al público igual que al rencor, al sufrimiento, a la ausencia, al vacío. Ella está ahí, a pesar de todo, a pesar de los demás, a pesar de ellos mismos. Y ahora que sus ojos de gata se llenan de lágrimas —lágrimas de alegría, de alivio—, Gustave siente que su propio rostro vibra de emoción. De pronto todo está tan vivo. Está tan alterado que casi se desploma.

—¿Estás bien, papá?

Claire vuelve a tomar su mano y lo mira preocupada. La última vez que lo vio llorar fue en el entierro de Marguerite. Pero hoy, su padre derrama lágrimas. Oh, no son sollozos sonoros; solo dos pequeñas gotas que se escurren por su rostro, hasta perderse en la barba gris que ella le ayudó a recortar esta mañana.

—Todo está bien, querida.

Cuando levanta la cabeza, la sombra púrpura ha desaparecido. La multitud ha vuelto a su alboroto, a su alegría escandalosa. Los elogios de los funcionarios continúan su perorata. Y ella ya no está ahí.

La punzada en el estómago es terrible, casi insoportable. Pero luego, más allá del grupo de música, en medio de las obras vecinas, advierte una silueta púrpura que se aleja. Antes de pasar detrás de una pagoda anamita, ella voltea una última vez. A pesar de la distancia, Gustave ve sus ojos de gata. Y esa sonrisa por siempre inmensa.

Después, Adrienne desaparece.

—Y ahora, le cedo la palabra al héroe del día, a una de las más grandes glorias nacionales, a un hombre que honra a la República y a Francia: el señor Gustave Eiffel.

Gustave apenas reacciona. Le parece percibir todo como si lo hubieran sumergido en algodón.

De nuevo sale de su cuerpo y vuela sobre París, acariciando la punta de su torre. Pero sigue estando ahí, en ese podio. Y es él quien, después de darle un beso a su hija, saca unas hojas del bolsillo interior de su saco.

El público guarda silencio. Si bien estaban distraídos durante los discursos políticos, ahora ponen toda su atención. Están aquí por él, por nadie más. Por él y por su torre.

Gustave se escucha hablar, pero no le importa. Lo que acaba de ver, a pesar de la distancia, a pesar de la multitud, le ha devuelto el sentido a todo lo que ha hecho desde hace dos años. Y es feliz. Su amor tiene ahora una marca cimentada para siempre en el suelo de París, como los enamorados graban sus iniciales en el tronco de un árbol.

Se oye a sí mismo explicando a la gente cómo nació esta torre, cuáles fueron sus aventuras, sus elecciones, sus dudas. Cuando hace la lista de las cifras, que lanza como un militar especializado en municiones (y que Claire le ayudó a ensayar esta misma mañana), el público exclama admirado.

—La torre Eiffel mide exactamente 300 metros. Con una bandera, llega a 312. Las dimensiones de la base son 125 metros × 125 metros. Requirió 18 038 piezas metálicas y 2 500 000 remaches. Cuenta con 1 665 escalones del piso a la cima…

Cada cifra recibe una salva de vítores. Y Gustave continúa bajo la ovación de una multitud embriagada por la admiración.

Sin embargo, hay algo que no dice; un detalle que se guarda para sí mismo como el más dulce de los secretos. Ni siquiera su hija lo sabrá jamás, porque hay cosas que solo conciernen a los amantes. Gustave Eiffel dobla las hojas de su discurso frente a las ovaciones del público, y murmura para sus adentros como si lanzara un beso a un hermoso recuerdo:

—Tiene la forma de una A.

ANEXO

Protesta de los artistas contra la torre Eiffel

14 de febrero de 1887
Para el señor Alphand,
Señor y querido compatriota:

Venimos escritores, pintores, escultores, arquitectos, apasionados entusiastas de la belleza hasta ahora intacta de París, para protestar con toda nuestra fuerza, con toda nuestra indignación, y en nombre del gusto francés desconocido, del arte y de la historia amenazada, contra la construcción, en el corazón de nuestra capital, de la inútil y monstruosa torre Eiffel, a la que la maldad pública, marcada a menudo por el sentido común y el espíritu de justicia, ya bautizó con el nombre «torre de Babel».

Sin caer en la exaltación del chovinismo, tenemos el derecho de proclamar a voz en cuello que París es la ciudad sin igual en el mundo. Sobre sus calles, sus bulevares ensanchados, sus admirables vías a lo largo del Sena, en medio de sus magníficos paseos, se encuentran los monumentos más nobles que la raza humana ha producido. El alma de Francia, creadora de obras maestras, brilla en medio de este augusto florecimiento de piedras. Italia, Alemania,

Flandes, tan justificadamente orgullosos de su patrimonio artístico, no poseen nada comparable al nuestro, y desde todos los rincones del universo, París atrae curiosidad y admiración.

¿Vamos a dejar que todo esto sea profanado? ¿La ciudad de París se seguirá asociando por más tiempo con la extravagancia, con la imaginación mercantil de un fabricante de máquinas, para deshonrarse y convertirse en irreparablemente fea? Porque la torre Eiffel, que ni siquiera el mercantil Estados Unidos querría, es, sin duda, la deshonra de París. Todos lo sienten, todos lo dicen, todos lo lamentan profundamente, y somos solo un débil eco de la opinión universal, cuya alarma es legítima.

Finalmente, cuando los extranjeros vengan a visitar nuestra exposición, exclamarán asombrados: «¿Qué? ¿Es este horror el que los franceses encontraron para darnos una idea de ese estilo tan aclamado?». Y tendrán razón al burlarse de nosotros, porque el París de los sublimes góticos, el París de Jean Goujon, Germain Pilon, Puget, Rude, Barye, etc., se habrá convertido en el París del señor Eiffel.

Basta, además, para darnos cuenta de lo que estamos haciendo, imaginar por un momento una torre vertiginosamente ridícula que domina París, así como una gigantesca chimenea de fábrica que aplasta con su bárbaro volumen la catedral de Nuestra Señora de París, la Santa Capilla, la torre de Saint-Jacques, el Louvre, la cúpula de los Inválidos, el Arco de Triunfo, todos nuestros monumentos humillados, todas nuestras arquitecturas subsumidas, que desaparecerán en este sueño desconcertante. Y durante veinte años veremos cómo se extiende por la ciudad entera, que aún tiembla con el genio de tantos siglos, la odiosa sombra de la odiosa columna de chapa metálica elevarse como una mancha de tinta...

Le corresponde a usted, señor y querido compatriota, el honor de defender la ciudad una vez más; a usted que ama tanto a París, que la ha adornado tanto, que la ha protegido tan a menudo contra la devastación administrativa y el vandalismo de las empresas industriales. Confiamos en usted para que abogue por París, sabiendo que empleará toda la energía, toda la elocuencia que debe inspirar a un artista como usted, por el amor a la belleza, a la grandeza, a la justicia. Y si nuestro grito de alarma no se escucha, si no se escuchan nuestras razones, si París se obstina en la idea de deshonrar a París, al menos habremos expresado una protesta que nos honra.

Firman:
Meissonier, Ch. Gounod, Charles Garnier, Robert Fleury, Victorien Sardou, Édouard Pailleron, H. Gérôme, L. Bonnat, W. Bouguereau, Jean Gigoux, G. Boulanger, J. E. Lenepveu, Eug. Guillaume, A. Wolff, Ch. Questel, A. Dumas, François Coppée, Leconte de Lisle, Daumet, Français, Sully-Prudhomme, Élie Delaunay, E. Vaudremer, E. Bertrand, G. J. Thomas, François, Henriquel, A. Lenoir, G. Jacquet, Goubie, E. Duez, De Saint-Marceaux, G. Courtois, P. A. J. Dagnan-Bouveret, J. Wencker, L. Doucet, Guy de Maupassant, Henri Amic, Ch. Grandmougin, François Bournaud, Ch. Baude, Jules Lefebvre, A. Mercié, Cheviron, Albert Jullien, André Legrand, Limbo, etcétera.

Obra adaptada de la película *Eiffel*, de Martin Bourboulon.

Guion original de Caroline Bongrand.

Adaptación y diálogos de Caroline Bongrand, Thomas Bidegain, Martin Bourboulon, Natalie Carter y Martin Brossollet.